오로라를 기다려

창비청소년문학 124

오로라를 기다려

초판 1쇄 발행 | 2023년 11월 10일
초판 2쇄 발행 | 2024년 6월 3일

지은이 | 최양선
펴낸이 | 염종선
책임편집 | 김준성 김유경
조판 | 황숙화
펴낸곳 | (주)창비
등록 | 1986년 8월 5일 제85호
주소 | 10881 경기도 파주시 회동길 184
전화 | 031-955-3333
팩스 | 영업 031-955-3399 편집 031-955-3400
홈페이지 | www.changbi.com
전자우편 | ya@changbi.com

ⓒ 최양선 2023
ISBN 978-89-364-5724-2 43810

최양선
장편소설

오로라를 기다려

1부 커피우유와 고양이,
그리고 오로라

1

한여름 늦은 오후의 공기는 습하고 무더웠다. 무리를 이뤄 울어 대는 매미 소리에 귓가가 먹먹했다. 채원은 조금이라도 더위를 피하기 위해 나무 그늘 속으로 들어가 걸었다. 바람이 불 때마다 모양이 바뀌는 그림자를 감상하며 걷다 보면 쉬지 않고 울어 대는 매미 소리를 잊을 수 있었다.

바지 뒷주머니에 넣어 둔 휴대폰에서 진동음이 울렸다. 채원은 발신자가 할머니인 것을 확인하고는 전화를 받았다.

"수업은 잘 마쳤니?"

할머니의 목소리는 다급했다.

"네. 지금 집으로 가는 중이에요."

"오늘 기록하는 날인데. 아침에 얘기한다는 걸 깜박했네."

채원은 멈칫했다. 기록을 한 지 벌써 한 달이 지났다는 게 실감

나지 않았다.

"알았어요. 하고 갈게요."

채원은 전화를 끊고는 사위를 둘러보며 사후 가상 현실 회사인 라이프비욘드(LifeBeyond)로 향하는 길을 찾았다. 4차선 도로를 지나는 차들과 아스팔트의 뜨거운 열기로 공기가 이글거렸다. 반대 방향으로 가야 한다는 것을 깨달은 채원은 몸을 돌렸다.

큰 사거리에 있는 라이프비욘드 건물은 외벽에 건조한 시멘트가 발려 있었다. 채원은 건물 아래에 꾸며진 정원을 지나쳐 자동 회전문 사이로 몸을 집어넣었다. 화사한 천장 조명으로 실내 전체에 빛이 환했다. 눈길이 전광판에 닿았다. 마침 사후 가상 현실을 보여 주는 광고가 흘러나오고 있었다.

— 죽음은 더 이상 끝이 아닙니다. 사랑하는 사람을 놓치지 마세요. 여기서라면 그 사람과 함께할 수 있으니까요.

— 엄마, 사랑해.

배우 A가 어머니의 어깨를 부여안은 채 감격한 표정을 지었다. 어머니 역시 살아 있는 사람처럼 A와 눈을 마주치며 미소를 지었다.

채원은 광고를 뒤로하고 엘리베이터 쪽으로 발길을 돌렸다. 엘리베이터의 상향 버튼을 누르자 문이 열렸다. 안으로 한 발짝 발을 들이민 순간, 밖으로 나오려는 여자와 눈이 마주쳤다. 어쩐지 낯이 익었다.

"채원이?"

반가움이 묻어나는 목소리에 놀란 채원은 여자의 얼굴을 뚫어져라 보았다. 단발머리에 도톰한 외꺼풀 눈매. 오뚝 선 콧날과 입꼬리가 올라간 입술. 현조였다. 윤슬의 언니 현조. 당황한 채원은 현조의 얼굴 언저리에 시선을 둔 채 마른침을 삼켰다.

"정말 오랜만이다."

"네."

채원이 우물거리며 대답했다. 두 사람은 눈을 마주쳤다가도 금세 다른 곳으로 눈길을 돌렸다. 현조가 어색한 듯 제 목덜미를 어루만졌다.

"잠깐 시간 괜찮니?"

채원은 휴대폰 화면을 내려다봤다. 이십 분 정도 여유가 있었다.

"조금요."

"로비에 있는 카페로 갈까?"

채원은 2인용 테이블에 자리를 잡고 현조를 기다렸다. 곧이어 현조가 생과일 키위주스 두 잔을 들고는 채원의 맞은편 의자에 앉았다. 채원 앞으로 키위주스를 내려놓으며 마시라고 했지만, 채원은 고개를 숙인 채 손가락만 꼼지락거렸다.

"어떻게 지내?"

채원이 고개를 들었다.

"학교 다니고 있어요. 지금은 방학이지만요."

"그럼…… 2학년?"

"아뇨. 1학년요."

"왜?"

"휴학을 했었거든요."

"아, 그렇구나."

채원도 궁금했다. 현조가 그동안 어떻게 지냈는지. 하지만 입이 떨어지지 않았다. 채원은 주스를 한 모금 마셨다.

"할머니도 건강하시지?"

그 물음에 채원이 고개를 끄덕였다. 둘은 말없이 주스를 마셨다. 한동안 침묵이 이어졌다. 채원은 이 상황에서 벗어나고 싶어 재빨리 휴대폰으로 시간을 확인했다.

"이제 가 봐야 해요."

"아, 그래. 저기, 네게 하고픈 얘기가 있어. 언제 편할 때 연락 한 번 줄래?"

현조가 지갑에서 명함을 꺼내더니 앞으로 내밀었다. 채원은 명함을 받으며 '편할 때'라는 말을 읊조렸다. 현조와 자신 사이에 그런 표현이 적절한지 의문이 들었다.

"네 번호는……?"

현조의 눈빛에서 간절함이 느껴졌다. 채원은 뜸을 들이다 바뀐 번호를 알려 주었다.

카페에서 벗어나 로비 한가운데에 이르렀다. 현조는 짧게 손을 흔든 뒤, 회전문 쪽으로 몸을 돌렸다. 채원은 명함을 바지 주머니 안에 넣고 엘리베이터로 향했다. 다시 엘리베이터 앞에 도착해 상향 버튼을 누르자 곧 문이 열렸다.

엘리베이터 안에는 층별 안내도가 붙어 있었다. 고인과 만날 수 있는 사후 가상 현실 열람실은 4, 5, 6, 7층이었다. 채원은 층 숫자가 3, 4, 5, 6, 7……로 이어지는 동안 윤슬과 현조를 차례로 떠올렸다.

이곳에 올 때마다 윤슬 생각이 뒤따랐다. 매번 지우려고 해도 소용이 없어 언젠가부터는 내버려 두었다. 현조를 생각한 적은 한 번도 없었다. 오늘 만나게 될 거라고는 상상도 못 했다. 어째서 예상하지 못했을까. 이곳에 윤슬이 있는데.

8층에 닿자 알림 소리와 함께 문이 열렸다. 엘리베이터에서 내린 채원은 복도를 걸었다. '기록실'이라고 쓰여 있는 문의 손잡이를 밀고 안으로 들어갔다. 안내 데스크에 앉아 있던 남자가 채원을 보자마자 의자에서 일어섰다.

"예약하셨나요?"

"네."

"키오스크를 이용해 주세요."

채원이 키오스크 앞으로 다가가 회원 번호를 입력했다. 화면에 '9번 방으로 들어가세요.'라는 문구가 나타났다.

채원은 문을 열고 들어서서 안을 둘러보았다. 바닥에는 초록색 인조 잔디가 깔려 있었고, 싱그러운 푸른 잎을 뽐내는 화분이 곳곳에 놓여 있었다. 푹신해 보이는 보라색 벨벳 소파 앞 탁자 위에는 차와 다과가 준비되어 있었다. 마음을 평온하게 가라앉히는 잔잔한 클래식 선율이 따뜻한 바람처럼 방 안 가득 감돌았다.

노크 소리와 함께 직원이 들어와, 안내에 따라 이야기를 하면 된다는 말을 남기고 나갔다. 채원은 소파에 앉았다. 달콤한 초콜릿 조각을 입에 넣어 천천히 녹였다. 아카시아꽃차 한 모금으로 입 안에 남아 있는 단맛을 지워 내자, 시작해도 좋다는 직원의 목소리가 흘러나왔다.

어떤 이야기부터 해야 할까. 먼저 반복되는 일상에 대해 생각했다. 고등학생의 학교생활이라고 하면 사람들이 으레 떠올리는 것들. 수업을 듣고 쉬는 시간에 모여서 나누는 잡담. 패션, 먹는 것, 연애, 공부. 대체로 무료하지만 때때로 활기가 느껴지는 하루하루. 이 자리에 앉으면 상상력이 절실해진다. 채원은 친구들과 함께 아이돌 콘서트에 간 날을 떠올렸다. 아, 이 이야기는 지난 6월에 이미 써먹었다. 다른 이야기를 꾸며 내야 한다. 친구들과 가상현실 체험을 한 내용은 어떨까. 채원은 고개를 가로저었다.

이 기록은 누구를 위한 걸까. 적어도 죽은 사람 자신을 위한 것은 아니다. 그 사람의 기록을 마주하는 것은 언제나 2인칭, 3인칭 시점의 일일 테니까. 떠오르는 사람은 할머니뿐이다. 세상을 떠나는 일에는 순서가 없으니.

채원은 이야기를 짜내기 위해 눈을 감았다. 흐릿했던 윤슬의 얼굴이 선명해졌다. 진한 쌍꺼풀에 동그란 콧방울과 얇은 입술. 가슴이 두근거렸다. 윤슬의 이름을 읊조리자 주변 공기가 차갑게 식으며 몸에 소름이 돋았다. 채원은 눈을 떴다. 윤슬이 이야기는 절대 해서는 안 된다. 그걸 알면서도 오늘은 떨쳐 내지 못했다. 아무래도 현조 언니 때문인 것 같았다.

지난해 6월, 윤슬의 장례식에서 현조는 채원의 얼굴에 물을 쏟아부었다. 다시는 윤슬을 찾을 생각도 하지 말라며 소리를 질러 댔다. 그런데 이제 와 편할 때 한번 보자니. 그것도 너무나 친절하게. 일 년이란 시간이 지났기 때문일까. 나는 달라진 게 아무것도 없는데 현조 언니는 아닌가? 하지만 이런 이야기를 기록으로 남길 수는 없었다. 채원은 "잠시만요!"라고 외쳤다.

"왜죠?"

직원의 목소리가 들려왔다.

"안 될 것 같아요."

"시간을 좀 더 드릴까요?"

"다음에 할게요."

"알겠습니다."

채원이 기록실에서 나오자 직원은 다음 예약 날짜를 물었다. 잠시 생각에 잠긴 채원은 정해지면 연락하겠다고 말했다.

2

저녁 7시, 해가 지고 어스름이 내려앉았는데도 더위는 가시지 않았다. 시간도 소용없다는 듯, 여전히 바깥은 무더웠다. 채원은 1차선 도로가 있는 골목으로 들어섰다. 자주 방문하는 편의점에 가기 위해서였다.

골목 초입에 있는 무인 편의점 안으로 들어온 채원은 냉장고에서 생수를 꺼내 키오스크에서 계산하고 밖으로 나왔다. 편의점 앞에는 벤치 세 개가 나란히 놓여 있었다. 채원은 그중 한 곳에 앉아 물을 마셨다. 갈증이 가시자, 휴대폰을 꺼내 마이월드(My World)에 접속했다. 마이월드는 나만의 공간을 자유롭게 만들 수 있는 메타버스다. 현실에 있는 지형과 유사하게, 또는 다르게 나만의 땅을 꾸미고 설계할 수 있는 가상 공간. 사람들은 혼자 머물기 위해, 혹은 친구나 가족과 함께하기 위해 공간을 만들었다. 이곳에 채원의 섬이 있었다.

바다로 둘러싸인 작은 섬 한가운데 바오바브나무가 자라고 있었다. 건축가 안토니 가우디가 설계한 구엘 공원과 비슷하게 신비로운 문양이 새겨진 담이 섬 주변을 감쌌다. 언제나 밤인 섬의 하늘에는 초록색과 보라색으로 이루어진 오로라가 펼쳐져 너울거렸다. 나무 아래의 작은 냉장고에는 커피우유와 고양이 사료, 맹키에 군도에 관한 책과 일기장이 보관되어 있었다. 채원의 아바타는 카오스무늬 고양이와 나란히 나무 아래 의자에 앉아 멀리, 바다 너머를 바라보았다. 넘실거리는 물과 반짝이는 빛의 풍경에 사로잡힌 아바타의 눈빛을 보고 있으면 채원은 실제로 이 공간에 있기라도 한 것처럼 기분이 좋아졌다.

채원은 마이월드에서 로그아웃한 뒤 현실로 돌아와 길 건너편에 모여 있는 건물들 쪽으로 눈을 돌렸다. 이 근방에는 저층 건물이 즐비했고, 이제는 찾아보기 어려운 유인 편의점도 있었다.

단층 건물의 유인 편의점 왼편에는 작은 공터가 있고, 공터 중앙에는 3층 건물 높이의 나무가 자라나고 있다. 나뭇가지가 편의점 지붕 위로 뻗어 나가고 있어, 멀리서 보면 편의점 지붕이 나뭇가지인 것처럼 느껴진다. 채원은 그 나무를 바오바브나무라고 불렀다. 매번 볼 때마다 아프리카 모잠비크 해협 코모로 제도에 서식하는 바오바브나무가 생각났기 때문이다. 생명의 나무로 신성시되는 바오바브나무는 『어린 왕자』에 등장하는 나무이기도 했다. 나무 아래에는 플라스틱 의자 여러 개가 놓여 있었는데, 편의점 주변에 사는 듯한 할머니 할아버지 들이 종종 그 의자에 앉아서 담소를 나누었다.

하지만 채원은 무인 편의점을 애용했다. 사람을 거치지 않아 감정 소비 없이 원하는 것을 얻을 수 있다는 점이 좋았다. 또 이 벤치에 앉아서 바오바브나무 주위를 보고 있으면 마이월드에 있는 아바타와 마음이 포개지는 듯한 기분이 들었다.

한 달 전쯤 주인의 사정으로 무인 편의점이 잠시 문을 닫은 적이 있었다. 하는 수 없이 그날 채원은 유인 편의점을 방문했다. 문을 밀고 안으로 들어서는데, 순간 머리 위에서 딸랑 소리가 들려왔다. 소리를 따라 고개를 든 채원에게 편의점 사장은 '풍경 소리'라고 일러 주었다. 그 맑았던 소리를 기억하며 채원은 편의점 창문으로 시선을 옮겼다. 편의점 매대를 정리하는 낯선 소년이 눈에 들어왔다.

'사장님은 여자분이었는데……'

소년은 종이 상자를 들고 밖으로 나와 편의점 뒤편, 바오바브나무 쪽으로 향했다. 채원의 눈길도 소년을 따라 움직였다. 소년이 시야에서 멀어지자 채원은 그 애가 잘 보이는 벤치로 옮겨 앉았다. 가만 보니 나무 아래 검은 줄무늬 고양이가 있었다. 고양이에게서 시선을 뗄 수 없었다. 채원은 벌떡 일어나 횡단보도를 건넜다.

3

편의점 사장은 우주에게 새로운 업무를 맡겼다. 몇 달 전부터 나무 아래로 길고양이가 찾아오고 있으니 밥과 물을 챙겨 줘야 한다고 했다.

사장은 오전 9시와 오후 2시, 저녁 7시와 11시에 고양이 사료와 물을 나무 아래에 두면 된다고 일렀다. 우주는 아무래도 고양이 이름을 알아야 할 것 같았다.

"고양이 이름이 뭐예요?"

"이름? 그냥 고양이라고 부르는데."

잠시 생각에 잠긴 우주가 사장에게 고양이를 '공기'라고 불러도 되느냐고 물었다.

"공기? 뭐 상관없어. 그래, 앞으로 고양이 이름은 공기다."

사장은 그 말을 남기고 급한 듯 편의점을 나섰다.

공기는 검은 줄무늬에 목에는 하얀 턱시도무늬가 있고, 양말을 신은 것처럼 네발이 모두 하얀색이었다.

"너구나. 널 공기라고 불러도 되겠니?"

고양이는 말이 없었다. 우주는 고양이의 침묵을 긍정의 대답으로 이해했다. 그러고는 고양이에게 줄 사료와 물을 그릇에 담아 나무 아래에 놓았다. 생각해 보면 어느 곳이든 고양이들이 있고, 그들에게 밥과 물을 주는 이들이 존재했다. 얼마 전까지 우주가 머물며 일을 하던 스페인 바르셀로나 게스트 하우스 근방도 그랬다. 우주는 그곳에서도 고양이에게 사료와 물을 챙겨 주었는데, 그 고양이 이름 역시 '공기'였다. 우주는 길에서 살아가는 모든 고양이를 공기라고 불렀다.

"공기야, 네 숨숨집이야."

우주가 종이 상자를 나무 그늘 아래 두며 말했다.

좀처럼 사료 쪽으로 다가오지 못하는 공기를 위해 우주는 뒷걸음을 쳤다. 우주가 멀어질수록 공기는 코끝을 실룩이며 사료에 다가갔다. 그 모습을 흐뭇하게 바라보면서 몇 발자국 더 물러서던 차였다. 별안간 누군가의 발을 밟고 말았다. 놀란 우주는 재빨리 몸을 돌렸다. 어떤 여자애가 미간에 힘을 주고는 우주가 입고 있는 편의점 조끼와 우주의 얼굴을 번갈아 쳐다보았다. 고양이를 발견하고 길을 건너온 모양이었다. 우주는 여자애와 눈이 마주치자마자 낯익은 얼굴이라는 생각이 들었다. 아무래도 비슷한 또래 같았다.

"미안······."

우주가 놀란 가슴을 부여잡으며 숨을 내쉬었다. 여자애는 아픈 발보다 더 신경 쓰이는 게 있는 듯했다.

"고양이 이름이 공기야?"

"응? 응."

"누가 공기라고 이름을 지어 준 거야?

"내가······. 왜?"

"우리 고양이 이름도 공기였는데."

"그래? 사람도 같은 이름이 있으니까, 고양이도 그럴 수 있지. 그쪽 공기도 검정줄무늬?"

여자애가 고개를 저으며 답했다.

"우리 공기는 카오스무늬 고양이였어."

"카오스?"

여자애는 주머니에서 휴대폰을 꺼내, 저장되어 있는 사진을 보여 주었다. 검은색과 갈색이 자유롭게 섞인 무늬의 고양이였다.

"아기 고양이네. 귀엽다."

사료를 먹고 있는 검정줄무늬 공기에게로 여자애가 눈을 돌렸다. 식사를 마친 공기는 나무 아래 상자 옆으로 다가가 경계하듯 이곳저곳 냄새를 맡고는 그 안에 들어가 털을 정리했다. 마치 소설 속 어린 왕자가 살고 있는 별의 장미 같았다. 도도한 검은색 꽃잎의 장미.

"편의점 알바생?"

여자애의 물음에 우주가 고개를 끄덕였다.

"살 게 있는데."

"그래? 안으로 들어가자."

여자애는 반려동물 코너에서 고양이 간식을 골랐다. 그런 다음 냉장고 앞을 지나 계산대로 가려는데, 길게 늘어서 있는 커피우유들이 눈에 띄었다. 종류가 무척 다양했다. 여자애는 그중 편의점 자체 브랜드의 커피우유를 골랐다. 편의점 커피우유는 같은 가격에도 50밀리리터가 더 많았다. 여자애가 고양이 간식과 커피우유를 계산대에 올려놓았다. 우주 앞에는 여자애가 고른 것과 같은 커피우유가 병아리 입 모양처럼 입구가 벌어진 채 놓여 있었다. 우주는 계산대 위 고양이 간식과 커피우유를 내려다보았다.

"계산 안 해?"

여자애의 재촉에 우주가 바코드를 찍었다. 여자애가 카드를 내밀었다. 우주가 카드를 리더기에 넣는 동안 여자애는 커피우유만 집은 채 고양이 간식은 우주 앞으로 밀어 놓았다.

"공기 선물."

"너희 집 공기 간식 아니었어?"

"우리 공기는 고양이 별로 갔어."

여자애는 몸을 돌려 걸음을 옮겼다. 출입문이 열리고 닫히는 사이 풍경 소리가 잔잔하게 울려 퍼졌다.

우주는 커피우유를 마저 마시며 멀어지는 여자애의 뒷모습을 바라보았다.

4

도어 록에 지문을 대자 현관문이 열렸다. 베이지색 구두가 가지 런히 놓여 있었다. 채원은 할머니를 찾으려는 듯 고개를 갸웃거 리며 거실 안쪽으로 들어갔다.

"채원이 왔니?"

"네."

할머니는 편안한 옷차림으로 소파에 앉아 있었다. 채원은 기록 을 못 했다는 사실이 떠올라, 할머니가 묻기도 전에 피곤하다고 둘러대며 방으로 들어와 버렸다. 커피우유를 책상 위에 놓고 의 자에 앉았다. 주머니에 넣어 둔 명함의 모서리가 살갗을 찔렀다. 채원은 주머니 속에서 명함을 꺼냈다. 접혀 있는 모서리 부분을 반듯이 편 뒤 책상 위에 올려놓았다. '인턴 김현조'. 명함에 인쇄 된 회사 주소는 천안이었다.

채원은 번호를 외며 휴대폰에 저장을 할지 말지 고민했다. 결국 저장 버튼을 누른 뒤 휴대폰을 책상 위에 두곤 그 아래 서랍을 열었다. 서랍 안에는 공기와 채원, 윤슬이 함께 찍은 사진 액자가 있었다. 현조의 명함을 그 옆에 둔 채원은 액자를 꺼내 윤슬의 얼굴을 내려다보았다.

목이 말랐다. 커피우유 입구를 열어 한 모금 마셨다. 목구멍으로 부드러운 단맛이 넘어갔다. 달콤함은 귓가에 닿는 음악 같았다. 오래된 노래가 한 시절의 분위기를 상기시키듯 커피우유의 단맛은 고등학교 생활을 시작하던 그때의 감정을 불러들였다.

*

고등학교에 들어간 첫날, 어색한 교실 분위기 속에서 채원은 긴장한 채 창가 자리에 올곧이 앉아 있었다. 그때 윤슬이 교실로 들어왔다. 빈자리가 많은데도 윤슬은 굳이 채원 옆에 앉았다.

"안녕?"

윤슬이 먼저 인사를 건넸다. 채원도 "안녕."이라고 답했다. 윤슬은 채원에게 말을 걸었다. 어느 중학교를 다녔는지, 공부는 잘했는지. 그 질문들에 채원은 단답형으로 대꾸했다. 채원은 윤슬을 경계하고 있었다.

점심시간이 되어서야 휴대폰이 없어진 것을 알았다. 가방이며 사물함을 샅샅이 뒤졌지만 어디에도 없었다. 주변 아이들에게 휴대폰을 빌려 전화를 걸고 싶어도 말이 입 밖으로 나오지 않았다. 망연자실한 눈길로 교실을 둘러보던 채원은 아이들 속에 있는 윤슬을 발견했다. 윤슬은 노래를 부르며 춤을 추고 있었다. 긴 팔다리를 시원하게 움직이면서. 다정한 목소리로 웃으면서. 아이들은 윤슬이 만든 리듬에 맞춰 몸을 움직였다. 노래가 끝나자 윤슬은 허공에 시선을 둔 채 숨을 골랐다. 채원은 윤슬의 눈빛을 바라보았다. 문득 외로움이 깃든 표정이 비쳤다가 이내 사라졌다. 아주 짧게 스치고 지나갔지만 채원은 알아볼 수 있었다. 거울 속에서 늘 보던 자신의 표정과 닮아 있었기 때문이다. 사라진 휴대폰을 생각하는 와중에 윤슬이 채원에게 다가가 옆에 앉았다.

"무슨 일 있어?"

"어? 아, 그게."

"말해 봐."

"휴대폰이 없어졌어."

"정말?"

윤슬이 제 휴대폰을 채원에게 내밀었다.

"걸어 봐."

우물쭈물하던 채원은 휴대폰을 건네받은 뒤, 번호를 눌렀다. 신호음이 이어지더니 낯선 여자 목소리가 들려왔다. 반가운 마음에 채원의 목소리가 높아졌다.

"저, 휴대폰 주인인데요."

"여기 매점이에요. 보관하고 있으니 찾으러 와요."

"지금 바로 갈게요."

채원은 휴대폰을 윤슬에게 돌려준 다음 고맙다고 말한 뒤 서둘러 교실을 빠져나갔다.

매점에서 휴대폰을 찾아 들고 밖으로 나오려는데, 문 앞에 윤슬이 서 있었다.

"찾았구나. 고마우면 커피우유 사."

"커피우유?"

채원이 움찔하며 물었다. 윤슬은 채원에게 팔짱을 끼고는 매점 안으로 들어갔다.

둘은 운동장을 거닐면서 커피우유를 마셨다. 채원은 학교에서 또래 아이와 나란히 걷는 것이 얼마 만인지 몰랐다. 어색하면서도 설렜다. 윤슬은 휴대폰을 찾아 다행이라고 말한 뒤, 파란 하늘이 예쁘다며 채원에게 사진을 찍어 달라고 부탁했다. 채원은 화면 안에 하늘과 윤슬이 담길 수 있게 구도를 잡고, 하늘보다 윤슬의 미소가 더 맑다고 생각하며 셔터를 눌렀다.

교실에 들어오자마자 한 아이가 윤슬을 불렀다. 윤슬은 채원에게 잘 마셨다고 말하고는 아이들 틈으로 섞여 들어갔다. 채원은 자리에 앉아 남은 우유를 마시며 무리 속에 있는 윤슬을 지켜보았다.

윤슬은 채원과 다른 세계에 살고 있는 아이였다. 밝고 유머러스하고 공부도 잘하는, 세상의 중심에 서 있는 아이. 창밖의 파란 하늘을 쳐다보며 잠시 기분 좋은 바람을 쐰 것이라고 채원은 생각했다. 바람은 이미, 어딘가로 멀리 지나가 버렸다.

그날 하굣길에서 채원은 홀로 터벅터벅 걷고 있었다. 그러다 갑자기 누군가 뒤에서 다가와 채원의 팔을 잡았다. 깜짝 놀란 채원이 고개를 돌렸다. 윤슬이었다.

"집이 이쪽 방향이야?"

"응."

"나도야."

"그래?"

채원은 가방을 고쳐 메고는 윤슬을 보았다. 미소 짓고 있는 윤슬과 눈이 마주쳤다. 채원은 알고 싶었다. 왜 자꾸 내 앞에 나타나는 건지. 하지만 묻지 않았다. 반응을 하지 않으면 스스로 물러날 테니까.

둘은 말없이 걸었다.

"난 이쪽 골목에 있는 빌라에 살아."

윤슬은 오른쪽으로 이어진 골목을 가리키며 말했다. 채원이 대답 없이 고개만 끄덕이자 윤슬이 물었다.

"넌?"

"저기 길 건너 아파트."

"그럼 여기서 헤어져야겠네. 잘 가. 내일 봐."

윤슬이 손을 흔들고는 골목 안으로 들어갔다. 채원은 멀어져 가는 윤슬의 모습이 완전히 사라질 때까지 그 자리에 서 있었다.

어느덧 아파트 단지 안으로 들어와 305동 앞에 이르렀다. 공동 현관 앞 놀이터 벤치에 앉아 한쪽 발을 들고는 공중에 떠 있는 발을 내려다보았다. 문득 중심을 잡기 어려운 순간들이 종종 있다고 느꼈다. 어쩌면 부모님의 부재 때문이 아닐까, 하는 생각도 들었다. 채원의 엄마는 혼자서 하나 있는 딸아이를 키웠다. 채원이 일곱 살을 앞둔 어느 겨울날, 엄마는 채원을 할머니 집에 두고 나간 뒤 돌아오지 않았다.

채원은 처음 만난 할머니가 어색하고 불편했다. 일주일 뒤 할머니는 채원에게 단호하고 분명한 목소리로 말했다. "여기가 이제 네 집이다." 비로소 이런 말을 꺼낸 것은 할머니 역시 그동안 엄마를 기다렸기 때문인 것 같았다. 소식도 없고 연락도 되지 않는 딸을 말이다. 하지만 이젠 할머니도 엄마가 돌아올 리 없다며 현실을 직시한 모양이었다.

그날 저녁 할머니는 채원을 데리고 마트를 찾았다. 두 사람은 옷과 신발, 초등학교에 입학할 때 필요한 준비물을 구매하고는 근처 식당에 들어가 밥을 먹었다.

"네 방을 꾸며 줄 거야. 너도 이제 학교에 가야 하니까. 더 넓은 세상으로 가는 거지. 힘들 거야. 그래도 이겨 내야지."

채원은 아무 말 없이 할머니의 얼굴을 처다보았다.

"침대랑 책상 의자가 들어오려면 며칠 더 걸릴 거야."

채원은 그제야 눈을 동그랗게 뜨고, "고맙습니다."라고 말했다. 밥도 남기지 않고 깨끗이 먹었다.

할머니 수옥은 보험 설계사 일을 하며 채원을 길러 냈다. 주변 사람들이 둘의 관계를 물을 때마다 수옥은 한 번도 채원의 엄마인 보영을 언급하지 않았다. 일곱 살 채원은 수옥이 보영과 자신을 창피해한다고 여겼다. 화가 나고 기분이 상했다. 아무도 볼 수 없는 곳에 숨고 싶었다. 나중에야 알았다. 그런 감정이 든 것은 자존심이 상했기 때문이라는 걸.

그럼에도 수옥 곁을 떠날 순 없었다. 지금껏 채원은 수옥이 이끄는 대로 따라왔다. 할머니에게조차 외면받는다면 일어설 힘을 잃어버릴 것 같았다. 자주, 어딘가로 떨어져 내리는 기분이 들었다. 마음속에 외로움이 공기처럼 꽉 차 있는 듯했다. 바람이 불면 종잇장처럼 세상 어딘가로 날아가 버렸으면 좋겠다고 생각한 날들도 있었다.

중학생 때 채원은 친한 친구에게 자신의 비밀을 털어놓았다. 얼마 뒤, 엄마가 두고 간 아이라는 비밀이 삽시간에 교실로 퍼져 나갔다. 채원은 친구에게 배신감을 느꼈다. 그 이후로 누구도 믿지 않았다. 사랑이나 우정 같은 야릇하고 말랑말랑한 감정도. 자연히 관계에 소원해졌고, 윤슬도 앞으로 예외가 될 수 없었다.

채원은 혼자 있을 때면 늘 어딘가를 찾아 떠났다. 인터넷 로드 뷰를 따라 세상을 탐색하거나, 학교 도서실로 숨어들었다. 그러다 어느 날 우연히 서가에서 꺼내 읽게 된 지형에 관한 책에서 맹키에 군도를 발견했다.

영국 제도 최남단에 있는 맹키에 군도는 썰물 때는 200제곱킬로미터에 달하는 모래와 암석이 모습을 드러내지만, 밀물 때가 되면 아홉 개의 작은 섬만 남는다. 채원은 맹키에 군도의 면적이 고정되어 있지 않다는 점이 인상 깊었다. 바다로 둘러싸인 작은 섬이 꼭 제 모습 같았다. 채원에게 바다는 자신이 어찌할 수 없는 환경이라든지 배경처럼 느껴졌다. 뛰어넘거나 헤엄치기에는 너무나도 넓고 깊은 물의 공간.

마이월드 안에 바다로 둘러싸인 섬을 자신만의 정착지로 만든 것은 그즈음이었다. 채원은 황량한 섬 가운데 작은 냉장고를 두었다. 냉장고 안에는 한 번밖에 쓰지 않은 일기장과 커피우유, 맹키에 군도에 관한 책이 있었다.

채원은 마이월드에 접속해 냉동실을 열고 일기장을 클릭했다. 채원의 아바타가 일기를 읽자 그 내용이 말풍선 모양으로 떴다.

이 섬은 나만의 공간.

냉장고 안의 나의 마음, 나의 외로움.

상온에 마음을 두면 상하기 마련이니까,

마음을 신선하게 보관하고 싶다.

외로움이 상하면 어떤 냄새가 날까.

썩어 버린 외로움은 절망이나 좌절이 될 테지.

절망과 좌절이 된 마음으로는 견딜 수 없을 테니까,

외로움마저 신선하게 간직하고 싶다.

채원의 아바타가 커피우유를 꺼내 마셨다.

수옥이 절대로 커피를 먹지 못하게 했기 때문에 대용으로 커피우유를 마시기 시작했다. 한두 번 마시다 보니, 달콤한 커피우유가 좋아졌다. 채원의 아바타는 냉장고 앞에 앉아서 섬을 감싸고 있는 물결을 바라보았다. 별빛에 반짝이는 물의 표면을.

채원이 윤슬에게 마음의 문을 열기 시작한 것은 3월 말, 진로 수업 시간 때부터였다. 그날 각자의 꿈에 대해 발표를 했다.

채원은 윤슬의 이야기에 귀를 기울였다. 윤슬은 여행가가 되고 싶다고 했다. 어디를 가고 싶으냐는 누군가의 질문에, 윤슬은 맹키에 군도라고 말했다. 맹키에라는 이름을 듣자마자 채원은 화들짝 놀랐다.

어느샌가 열려 있던 창문으로 바람이 불어왔고, 채원은 마음을 스치는 바람에 휘말리듯 어지러웠다. 어쩌면 맹키에 군도에서 불어오는 바람일지도 모른다고 생각했다. 오래전에 시작된 바람이 지구를 반 바퀴 돌아 윤슬과 채원이 있는 곳까지 이른 것이라고.

선생님은 다음 차례로 채원을 지목했다. 채원은 그제야 바람을 밀어내고 생각에 잠겼다. 무엇을 이야기해야 할지 몰랐다. 아이들이 웅성거렸다. 마음이 조급해졌다. 수옥은 채원이 취업률 좋은 IT 쪽으로 진로를 정하길 바랐다. 채원은 할머니의 뜻을 떠올리며 IT 관련 회사에 취업을 하는 것이 꿈이라고 말했다. 그 순간 정적이 흘렀다. 질문하는 사람이 아무도 없었다. 당연했다. 평범했으니까. 평범한 꿈을 가지고 있는 아이는 전혀 특별하지 않았다. 채원은 초라함에 사로잡혔다. 선생님이 다음 사람을 지목했고, 채원은 고개를 푹 숙였다. 쉬는 시간이 되자마자 채원은 책상에 엎드렸다.

그런데 문득 왼쪽 귓구멍으로 이어폰이 들어오더니 낯선 선율이 흘러들었다. 감은 눈 속으로 짙고 푸른 바다의 수평선과, 해안가로 밀려들었다가 부서지는 파도가 스며들었다. 채원은 고개를 돌렸다. 윤슬이 엎드린 채, 채원을 보며 웃고 있었다. 윤슬은 채원의 눈앞에 커피우유를 놓았다. 채원이 자주 마시는 커피우유를.

"마실래?"

귓가에 들리는 파도 소리와 커피우유. 채원은 눈부신 에메랄드빛 바닷가에서 커피를 마시는 듯한 착각에 사로잡혔다.

"나 커피우유 좋아하는데."

"나도."

채원의 말에 윤슬이 웃으며 답했다.

"이 노래 신비롭지 않니?"

"응."

"난 이 노래만 들으면 빛이 생각나. 내 이름 윤슬이 무슨 뜻인지 알아?"

"아니."

"물결 위에 반짝이는 빛."

윤슬은 해사하게 웃었다.

그 순간 채원은 마이월드 안의 섬을 둘러싼 물결 표면에서 일렁이는 빛을 떠올렸다.

"네 이름 정말 예쁘다."

"나도 내 이름이 마음에 들어. 엄마가 지어 줬거든."

엄마라는 말에 채원이 굳은 표정으로 시선을 피했다.

"그런데 우리 엄마 돌아가셨어. 나 중학교 3학년 봄에."

채원이 윤슬을 향해 고개를 들었다.

"아빠도 안 계셔. 난 언니랑 둘이 살아."

채원은 아무렇지 않게 말하는 윤슬이 신기했다. 하마터면 채원도 제 속사정을 털어놓을 뻔했다.

이후 채원의 책상 위에는 종종 커피우유가 놓여 있었다. 윤슬을 찾아 시선을 돌리면 윤슬의 손에도 같은 우유가 들려 있었다. 누군가와 친해질 수 있다는 기대감이 차올랐다. 채원은 그 바람을 지워 버리기 위해 혼자 있을 곳을 찾아 나섰다. 이번에도 역시나, 도서실이었다.

　채원은 도서실에서 혼자 있는 시간에 차츰 익숙해졌다. 서가에 숨어 있다가 주위가 조용해지면 책장 밖으로 나왔다. 그러던 어느 날, 텅 빈 도서실에 혼자 앉아서 책을 읽고 있는 윤슬이 눈에 들어왔다. 윤슬은 책에서 시선을 떼고 먼저 인사를 건넸다.

　"어, 안녕."

　채원은 심드렁하게 대꾸하고는 윤슬이 읽고 있는 책으로 시선을 내렸다. 익숙한 책이었다. 채원의 눈길을 알아챈 윤슬이 읽고 있는 책을 보여 주면서 맹키에 군도에 대해 알려 준 책이라고 설명했다. 채원이 읽은 그 책이었다. 심장이 두근거렸다.

　"지금 집에 갈 거야?"

　윤슬의 물음에 채원은 응,이라고 말했다.

　"같이 가자."

　윤슬은 책을 가방에 넣었다.

　둘은 집으로 돌아가면서 함께 떡볶이를 먹기로 했다. 이번에도 윤슬의 제안이었다. 언제나 윤슬이 먼저 채원에게 다가왔다. 채원은 윤슬과 함께하는 시간이 행복했다. 동시에 이 행복이 길지 않을지도 모른다는 생각에 불안했다. 행복한 시간 뒤에 찾아오는 외로움을 견디는 게 어려웠다. 둘 중 하나를 포기해야 한다면 행복한 순간을 고를 터였다. 행복한 순간이 반복되면 외로움의 시간도 그만큼 깊어질 테니까. 그래서 채원은 윤슬을 무덤덤하게 대하려 애를 썼다. 하지만 채원의 무심함과 거리 두기에도 무슨 이유에서인지 윤슬은 채원을 포기하지 않았다. 마치 몸을 따뜻하게 감싸 주는 담요나 발에 꼭 맞는 편안한 운동화 같은 아이였다.

윤슬은 채원에게 스무 살이 되면 함께 여행을 가자고 말했다. 채원은 불가능하다는 걸 알았지만 윤슬을 실망시키고 싶지 않아서 그저 고개를 끄덕였다.

"난 오로라가 보고 싶어. 캐나다에 있는 옐로나이프에 가면 오로라를 잘 볼 수 있대."

"오로라?"

"언젠가 유튜브에서 본 적이 있는데 정말 아름답더라고. 그리고……."

"가고 싶은 데가 또 있어?"

"바르셀로나에 있는 구엘 공원에도 가고 싶어. 또……."

"또 있어?"

"아프리카 모잠비크 해협에 있는 코모로 제도. 거기에 있는 바오바브나무를 보고 싶어. 『어린 왕자』에 나오는 나무거든."

윤슬은 구엘 공원과 바오바브나무의 사진을 찾아 보여 주었다. 신비로운 문양으로 가득한 공간은 채원의 마음을 사로잡았다.

채원은 집으로 돌아와 영상으로 그곳들을 찾아본 뒤, 코모로 제도에 있는 바오바브나무를 상상했다. 채원은 그날 윤슬에게 문자를 보냈다.

— 나도 네가 말한 곳들 가고 싶어.

윤슬에게서 답 문자가 왔다.

— 그럼 우리 둘만의 공유 계정을 만들까?
— 공유 계정?
— 거기에 우리가 가고 싶은 곳을 차곡차곡 모아 두는 거야.

채원은 좋다고 했다.

다음 날 채원과 윤슬은 학교에서 만나 함께 계정을 만들었다. 채원의 '원'인 round, 윤슬의 '빛'인 light, 두 단어를 합쳐 계정 이름을 @light_round로 정했다.

채원과 윤슬은 그 계정에 바르셀로나의 구엘 공원, 오로라를 볼 수 있는 옐로나이프, 바오바브나무가 있는 코모로 제도 사진을 업로드했다.

그날 집으로 돌아오는 길, 채원은 윤슬에게 처음으로 말했다. 자신은 할머니와 살고 있다고. 나도 너처럼 어린 시절에 엄마가 돌아가셨다고. 채원은 거짓말이 아니라고 생각했다. 엄마는 없는 사람이나 마찬가지였으니까. 채원은 울지 않으려 했는데 의지와 상관없이 눈물이 흘러내렸고, 윤슬은 채원을 꼭 안아 주었다. 그렇게 슬프지만 따뜻한 4월이 지났다.

5월 초 어느 날 채원과 윤슬은 함께 집으로 돌아가고 있었다. 윤슬이 갑자기 발걸음을 멈추고 건너편 식당 앞을 응시했다. 그곳에 이십 대 초반으로 보이는 여자가 서 있었다. 짧은 머리카락에 화장이 진했다. 몸에 붙는 상의와 여유 있는 트레이닝 바지 차림이 맵시 있었다. 여자는 윤슬을 부르며 손을 흔들었다.

"누구?"

"언니."

윤슬과 채원은 길을 건너 여자에게 다가섰다.

"내 동생."

현조는 해맑게 웃으며 윤슬을 꼭 끌어안았다.

"어, 그런데 넌 누구?"

현조는 채원을 가리키며 물었다. 채원은 코를 킁킁거렸다. 현조에게서 술 냄새가 났다.

"내 친구."

"그래? 우리 윤슬이 친구? 나도 고등학교 때 댄스 동아리 친구들 오랜만에 만나서 같이 밥 먹고 있었어. 이 언니가 맛있는 거 사 줘야지."

현조는 채원과 윤슬을 식당 안으로 데리고 들어갔다. 식당 안에는 현조의 친구들이 있었고, 탁자 위에는 음식과 술병이 놓여 있었다.

채원과 윤슬은 구석에 앉았다. 현조는 돈가스 두 개를 주문한 뒤 친구들에게 윤슬을 소개했다. 동생과 자신은 여덟 살 차이가 난다고. 동생은 조용하고 공부밖에 모르는 아이라고. 저녁을 먹는 동안 윤슬은 말 한마디 하지 않았다. 학교에서와는 사뭇 다른 모습에 채원은 윤슬이 내내 신경 쓰였다.

현조는 분위기를 주도했다. 채원은 현조의 발랄함과 대화를 이끌어 나가는 모습이 윤슬과 닮았다고 생각했다. 채원은 현조가 친구들과 나누는 이야기를 들으며 현조의 상황을 짐작했다. 천안에 있는 대학의 경영학과를 졸업하고 아르바이트를 하며 취업 준비를 하고 있다는 것을.

식사를 끝내고 모두 밖으로 나왔다. 현조와 친구들은 2차를 간다고 했다. 현조는 윤슬에게 늦을 거라고 말하고는 큰길 쪽으로 걸음을 옮겼다. 윤슬은 멀어지는 현조를 하염없이 바라보았고, 그 표정을 채원은 놓치지 않았다. 지난 3월, 교실에서 보았던 쓸쓸한 얼굴. 채원은 알고 싶었다. 윤슬이 가끔 드러내는 외로운 순간에 대해. 하지만 윤슬에게 다가가고 싶다가도 이상하게 망설여졌다.

채원과 윤슬은 집으로 향했다. 돌아가는 길에 윤슬은 점점 활기를 되찾았다. 채원은 그 간극이 커서 조금 당황스러웠지만, 시간이 지날수록 윤슬의 분위기에 스며들었다.

골목에 이르자 빗방울이 떨어지기 시작했다. 채원과 윤슬은 편의점에서 우산 하나를 사서 같이 쓰고 걸었다. 빗줄기가 굵어져 우산을 써도 옷이 다 젖었다. 채원은 윤슬을 먼저 데려다주고 집에 갈 참이었다. 윤슬의 집에 가까워졌을 때 어디선가 고양이 울음소리가 들려왔다. 윤슬이 먼저 걸음을 멈추었다.

"고양이야."

두 사람은 소리를 따라 걸었다. 소리는 빌라 입구 문틈에서 새어 나오고 있었다. 윤슬은 구석에 숨어 있는 고양이를 조심스레 들여다보았다. 검은색과 갈색이 오묘하게 섞인 고양이가 도망칠 힘조차 없는 듯 웅크리고 앉아 떨고 있었다. 윤슬은 고양이 곁을 떠나지 않았다.

"아무래도 집에 데려가야겠어. 여기 그냥 두었다가는 죽을지도 몰라."

윤슬은 조심스레 다가가 고양이를 품에 안았다.

채원이 윤슬의 집을 방문한 건 처음이었다. 집은 단출했다. 2인용 소파와 TV뿐인 거실, 세 개의 방. 채원은 벽에 걸린 액자를 쳐다보았다. 엄마 아빠 윤슬과 현조, 네 식구가 나란히 앉아 찍은 사진이었다. 현조는 엄마를, 윤슬은 아빠를 똑 닮았다. 채원은 사진을 한참 동안 들여다보았다. 왠지 모르게 낯설고 생경한 모습이었다.

"채원아, 얼른 와."

윤슬의 목소리에 채원이 방으로 들어갔다. 책상과 의자, 싱글 침대가 창가에 붙어 있었다. 은은한 비누 향이 코끝에 닿았다. 평소 윤슬의 몸에서 나던 향이 방에도 머물러 있었다. 윤슬은 수건 한 장을 채원에게 주고, 다른 한 장으로는 비에 젖은 고양이의 털을 닦았다. 고양이는 쉬지 않고 울었다. 윤슬은 마음이 아프다며 고양이를 놓아주었다. 고양이는 냉큼 침대 밑으로 숨어들었다. 윤슬은 몸을 수그려 침대 밑을 들여다보았다. 작은 두 눈동자에서 반짝 빛이 일었다.

"그래, 거기 있어."

윤슬은 안심한 듯 편안한 목소리로 말한 뒤 고양이 털 무늬에 대해 검색했다.

"카오스. 이런 고양이 털 무늬가 카오스래. 카오스는 무질서와 혼란이라는 뜻인데."

"무질서, 혼란."

윤슬은 고양이를 키우고 싶어 했다. 그러고는 현조의 허락이 필요하다며 전화를 걸었다.

"길에서 울고 있는 아기 고양이를 집으로 데려왔는데, 키워도 될까?"

윤슬은 침대 다리 틈을 들여다보며 물었다.

"안 돼. 사룟값에 병원비, 모래랑 캣 타워에 돈이 얼마나 많이 드는데."

수화기 너머로 단호한 현조의 목소리가 들려왔다.

"알았어. 어쨌든 데려왔으니 당분간 보살피면서 입양처를 알아볼게."

전화를 끊고 윤슬과 채원은 고양이를 키우는 데 필요한 물품을 검색했다. 현조 말대로 고양이와 가족이 되는 데는 제법 많은 돈이 필요했다. 아르바이트를 하며 취업 준비를 하는 현조에게 고양이는 부담스러울 수밖에 없었다. 윤슬은 의기소침했다. 채원은 힘없는 윤슬이 신경 쓰였다.

"우리 집에서 키울까? 고양이 보고 싶을 때 네가 오면 되잖아."

채원은 바로 수옥에게 전화를 걸었다. 수옥은 다행히 고양이의 입양을 허락했다. 윤슬은 환하게 웃었다. 그 안심한 표정에 채원도 기분이 좋아졌다. 타인의 기쁨에 행복해하는 자신이 신기했다.

"너희 언니는 너에 대해 잘 모르는 것 같아."

"왜?"

"조용히 공부만 하는 모범생이라고 했잖아. 네가 얼마나 밝고 명랑한 아이인데."

"그러네."

윤슬은 어색하게 웃으며 고양이를 불렀다.

채원은 그 모습을 보며 윤슬에게서 느꼈던 벽을 떠올렸고, 그

벽을 세운 것이 자신이 아닐 수도 있다는 생각을 처음으로 하게 되었다.

채원의 집으로 온 고양이는 낮에는 침대 밑에 숨어 나오지 않다가 밤이 되면 울며 돌아다녔다. 나흘이 지나고서야 울음소리가 잦아들고 낮에도 몸을 드러냈다. 고양이는 채원의 방을 탐색하더니 거실과 부엌, 할머니 방까지 구석구석 누볐다. 윤슬은 용돈을 줄여 고양이 사료를 사는 데 보탰고, 틈나는 대로 채원의 집에 와서 함께 시간을 보냈다.

"우리가 네 엄마야."

윤슬은 고양이에게 그런 말을 자주 했다. 그때마다 채원은 윤슬의 집 거실 벽에 걸려 있던 가족사진을 떠올렸다. 채원은 일곱 살 때 이후로 엄마라는 말을 입 밖으로 꺼내 본 적이 없었다. 채원에게는 엄마나 아빠라는 단어가 여전히 낯설고 어색했다. 윤슬은 잠든 고양이를 내려다보며 입을 열었다.

"우린 재혼 가정이야. 아빠와 나, 엄마와 현조 언니. 이렇게가 원가족이었어. 부모님이 재혼할 때 난 아기였어서 우리 가족이 재혼 가정이라는 사실을 모르고 있었어. 현조 언니는 여덟 살이었기 때문에 처음부터 알고 있었고. 나도 어느 순간 알게 되었지. 초등학교 6학년 때 아빠가 세상을 떠난 뒤 중학교 3학년에 엄마가 떠나고 언니와 나만 남았어."

윤슬은 남 이야기를 하듯 담담하게 말했다.

"넌 엄마 생각나?"

"아니."

채원은 고개를 가로저었다. 채원은 엄마가 미웠고 엄마를 생각하고 싶지 않았다. 엄마 얼굴이 가물가물해져 가는 것에 아쉬움이 없었다. 채원은 윤슬의 상황이 자신보다 낫다고 생각했다. 적어도 윤슬은 버려진 건 아니니까.

"난 눈을 감고 있어도 또렷하게 떠올라. 매일매일 보고 싶어."

"……."

"라이프비욘드가 어떤 곳인지 알아?"

"응."

"거기에 엄마 아빠가 있다면 매일 가서 만날 수 있었을 텐데. 나도 기록을 하고 싶어."

"왜?"

"미래의 누군가를 위해서."

"누군가?"

"응. 미래는 알 수 없잖아. 나중에 나를 알고 싶어 하고 그리워하는 사람이 있을지 모르잖아."

윤슬은 고양이에게 시선을 돌렸다. 채원은 고양이를 바라보는 윤슬의 선하고 부드러운 눈빛을 응시했다. 밝고 쾌활한, 반짝반짝 빛이 나는 윤슬. 채원은 윤슬이 부러웠다. 윤슬처럼 명랑하지 못한 자신을 생각하니 기분이 가라앉았다.

눈물이 났다. 창피하게 자꾸 눈물이 흘렀다. 윤슬은 이번에도 채원을 꼭 안아 주었다. 윤슬의 온기가 가슴에 닿은 순간 채원은 자신의 마음에서 빛이 이는 듯한 느낌이 들었다.

"안 되겠다. 널 위해서 특별한 선물을 준비해야겠어."

"선물?"

"응. 기대해."

며칠 뒤, 윤슬로부터 메시지가 왔다.

— 올림픽 공원에서 인디 밴드 봄 페스티벌이 열리는데, 같이 가자.

채원은 티켓 사진 두 장에서 눈을 떼지 못했다.

— 널 위한 선물이야. 우리 이날 신나게 놀자.

— 고마워.

채원은 윤슬에게 커다란 하트를 보냈다.

*

　둘은 무대가 멀찍이 보이는 곳에 자리를 잡았다. 돗자리를 펴고 준비한 샌드위치와 커피우유를 놓았다. 윤슬은 음악에 맞춰 춤을 추었고, 자연스럽게 주변 사람들의 시선을 끌었다. 윤슬이 주저하는 채원의 손을 잡았다. 윤슬의 이끌림에 채원도 몸을 움직였다. 처음에는 어색했지만 시간이 지날수록 괜찮아졌다. 둘은 신나게 춤을 추며 노래를 따라 불렀고, 온몸이 땀으로 젖어 들도록 공연에 심취했다.

　공연이 끝나고 윤슬은 자주 휴대폰을 확인했다. 현조의 연락을 기다리는 눈치였다. 하지만 소식이 없었다. 이윽고 채원의 휴대폰이 울렸다. 수옥이었다. 수옥은 언제 집에 올 것인지 물었다. 채원은 늦지 않을 것이라 말하고는 전화를 끊었다.

　"할머니?"

　"응."

　"너희 할머니는 널 정말 사랑하는 것 같아. 매 순간 너만 생각하고 있는 것처럼 느껴져."

　"그래?"

　채원은 어색한 미소를 지었다. 할머니의 과한 관심이 버거울 때가 있었기 때문이다.

　윤슬은 지나가는 사람에게 사진을 부탁했고, 채원과 윤슬은 손을 잡고 나란히 서서 카메라를 응시했다. 윤슬은 그 사진을 현조에게 보냈다. 그러고 나서야, 윤슬의 휴대폰이 울렸다.

윤슬은 채원으로부터 멀리 떨어져서 현조와 이야기를 나누었다. 쓸쓸한 듯 공허함이 담긴 눈빛을 허공에 둔 채로. 현조와 연결될 때마다, 윤슬은 다른 아이가 되는 것 같았다. 채원은 그 표정에 점차 익숙해졌다.

페스티벌이 끝나고 집으로 돌아가는 길, 채원은 윤슬에게 할머니가 라이프비욘드에서 설계사로 일하고 있으며 자신도 기록을 하고 있다고 말했다. 그 말에 윤슬은 자기도 하고 싶다면서 언니에게 부탁해 볼 거라고 했다.

"그런데 고양이 이름을 뭐로 하지?"

윤슬의 질문에 채원은 집에 있는 고양이를 떠올렸다.

공부를 하다 보면 어느새 고양이가 발밑에 와 있었고, 냉장고 문을 열었다 닫으려고 하면 곁으로 다가와 냉장고 안을 들여다보곤 했다. 냉장고 문에 머리가 끼일 뻔한 적이 한두 번이 아니었다.

"공기 어때?"

"공기?"

"움직임이 투명해서."

"좋아. 카오스 고양이에게 공기라는 이름은 왠지 안정적이야."

윤슬도 그 이름을 마음에 들어 했다.

어느 날부터 공기 밥그릇의 사료가 줄어들지 않았다. 간식은 잘 먹었기에 편식을 하는 것이라 생각했다. 시간이 지날수록 움직임이 둔해졌지만 채원은 공기를 신경 쓸 여력이 없었다. 중간고사를 앞두고 시험의 압박감에 다른 그 무엇에도 집중할 수 없었기 때문이다. 채원은 공기에게 무심해지고 말았다. 공기는 점점 살이 쪘다. 채원은 할머니가 간식을 많이 주는 줄로만 알고 있었다.

하루는 공기가 캣 타워에 오르다 넘어진 뒤 일어나지 못했다. 병원에 가서 진찰을 받으니, 의사는 전염성 복막염이라고 했다. 살이 찐 게 아니라 배에 물이 찬 거였다. 전염성 복막염 치료제는 채원과 윤슬이 감당하기에는 가격이 너무 비쌌다. 증상에 대응하는 약으로 버틸 수밖에 없었다. 몇 주를 힘겹게 견디던 공기는 고양이 별로 떠났다. 의사는 채원의 잘못이 아니라고 했지만 채원은 공기에게 무신경했던 것을 자책했다. 윤슬을 향한 미안한 마음 역시 채원을 슬프게 했다. 공기가 없는 집 안에서는 숨이 턱턱 막혔다. 그때 알았다. 누군가와 마음을 나누는 일에서 시간의 양은 중요하지 않다는 것을. 그리고 곁에 있던 존재가 한순간에 예고 없이 사라질 수 있다는 것을.

"괜찮아, 채원아. 네 잘못이 아니야."

윤슬은 채원의 마음을 어루만져 주었다.

다음 날, 윤슬과 채원은 공기를 반짝이는 별로 보내 주었다. 채원이 마이월드에서 카오스 고양이 아바타를 입양한 것은 그 무렵이었다.

*

윤슬과 함께한 날을 회상하던 채원은 책상 위에 있는 커피우유를 향해 손을 뻗었다. 조용하게 몸을 움직이는 고양이처럼 천천히 커피우유를 마셨다. 편의점과 바오바브나무, 검은 줄무늬의 공기와 알바생이 차례로 떠올랐다.

노크 소리와 동시에 방문이 열렸다. 채원이 고개를 돌렸다. 수옥이었다. 수옥의 시선은 채원의 손에 있는 커피우유에 닿았다.

"저녁 먹어야 하는데 단것을 먹으면⋯⋯."

"다음부터 주의할게요."

"그래, 나오렴."

채원은 커피우유를 들고 방에서 나왔다. 싱크대 수챗구멍에 남은 우유를 버리고 수옥이 볼 수 있도록 우유갑을 싱크대 위에 두었다.

수옥과 채원은 조용히 밥을 먹었다. 식사를 마치자 수옥이 커피를 내린 뒤 채원 앞에 커피 잔을 놓았다.

"너도 진짜 커피를 마실 때가 됐지."

채원은 커피 잔을 내려다보았다. 검은 물에 비친 표정이 우울했다. 그 모습을 일그러뜨리기 위해 젓가락으로 휘휘 저었다. 얼굴이 뭉개진 뒤에야, 채원은 커피를 마셨다.

5

현조는 서둘러 라이프비욘드 건물 안으로 들어섰다. 잠시 땀을 식히기 위해 로비에 있는 카페로 들어가 시원한 레몬차를 주문했다. 레몬차를 길게 한 모금 마시자 더위가 가셨다. 현조는 휴대폰에서 오래전 캡처를 해 둔 윤슬의 메신저 프로필 사진을 불러들였다. 윤슬이 네 살이던 여름휴가 때 네 식구가 바닷가에 갔었다. 처음 떠난 가족 여행이었다. 그때 찍은 파란 하늘이 휴대폰 화면에 가득했다.

*

현조는 여덟 살 때 처음 아빠와 윤슬을 만났다. 2월의 어느 날이었다. 현조는 엄마 손을 잡은 채, 아빠와 품에 안겨 있는 아기를 보았다. 엄마는 현조 손을 놓고 아기를 안았다. 엄마는 연신 아기가 예쁘다고 말했고 아빠는 그 모습에 흐뭇한 미소를 지었다. 현조는 손을 어찌해야 할지 몰라, 뒷짐을 지고 서서 셋을 멀뚱히 보고만 있었다. 전남편에게 받은 상처가 많았던 엄마는 아기를 키우는 이 남자의 책임감과 따뜻함에 빠져들었다고 했다.

아빠와 엄마는 삶의 무게를 나누며 서로를 위했다. 결혼식은 하지 않았고 기념으로 가족사진만 찍었다. 엄마가 윤슬을 안고 아빠가 현조 손을 잡았다. 지금 살고 있는 집은 엄마 아빠가 결혼한 뒤 이사 온 곳이다. 엄마와 둘이 살았을 때보다 방이 하나 더 많고 거실도 넓었다.

그 시절 학교에서 돌아온 현조는 가장 먼저 윤슬을 찾았다. 윤슬은 모든 게 작았다. 새근새근 연약한 숨소리를 들으며 보드라운 살결, 갈색 눈동자를 보고 있으면 자꾸만 만지고 싶어졌다.

윤슬이 '엄마', '아빠' 다음으로 처음 한 말이 '언니'였다. 발음이 되지 않아서 니이,라고 했던 윤슬은 기기 시작하면서 강아지처럼 현조만 졸졸 따라다녔다.

현조는 아빠와 동생이 생겨서 좋을 일만 상상했었다. 현조 혼자 독차지했던 엄마의 사랑을 아빠나 윤슬과 나누어야 한다는 것을 알지 못했다. 엄마가 줄 수 있는 사랑을 백이라 했을 때, 윤슬에게 오십 이상이 가는 것 같아 서운한 마음이 들었다.

현조 혼자 해야 하는 일이 하나씩 늘어 갔다. 스스로 씻은 다음 옷을 고르고 학교에 가져갈 준비물을 챙겨야 했다. 엄마와 아빠, 윤슬이 함께 있는 방을 지날 때마다, 그 안에서 웃음소리가 들릴 때마다 현조는 혼자인 듯한 기분에 사로잡히곤 했다. 그럴수록 현조는 방을 자기만의 공간으로 꾸미는 데 최선을 다했다.

윤슬이 말을 하고 걷고 뛰고, 세상에 대해 알아 갈수록 윤슬의 영역은 확장되었다. 현조의 방도 예외는 아니었다. 키가 자라 문고리에 손이 닿으면서부터는 마음대로 방문을 열고 들어와 현조의 물건을 만졌다. 현조는 윤슬이 자신의 세계를 침범하는 걸 참을 수 없을 때가 많았는데, 그럴 때마다 엄마는 현조가 양보하기를 바랐다.

엄마 아빠가 맞벌이를 하면서 윤슬은 어린이집에 보내졌다. 부모님이 일 때문에 늦는 날이면 현조는 친구들과 놀다가도 윤슬을 데리러 어린이집으로 갔다. 현조는 윤슬을 데리고 친구들을 만났다. 친구들은 한두 번은 윤슬을 귀여워했지만 회가 거듭될수록 윤슬과 현조를 부담스러워했다. 친구들이 자신을 빼고 어울린다는 사실을 알았을 때 현조는 윤슬에게 화풀이를 했다. 엄마는 그런 현조를 몹시 야단쳤고 현조는 밤새 울었다. 아빠가 달래 주었지만 서운함은 사그라들지 않았다.

현조는 문을 잠근 채 윤슬이 절대 방으로 들어오지 못하도록 했다. 엄마는 현조에게 언니답지 못하다고 했고, 아빠는 미안하다고 했다.

윤슬과 현조는 달랐다. 잘하는 것도, 좋아하는 것도. 윤슬은 아무도 알려 주지 않았는데 스스로 한글을 깨쳤다. 유치원에서도 가장 똑똑한 아이였다. 반면 현조는 성적을 올리기 위해 갖은 노력을 해야 했다. 윤슬은 특유의 다정함과 여유로움이 있으면서도 작은 것을 허투루 여기지 않았다. 현조는 성격이 급했고 그만큼 꼼꼼하지 못해 중요한 것을 놓치곤 했다.

현조가 윤슬보다 잘하는 건 몸을 움직이는 일이었다. 현조는 고등학교 댄스 동아리에서 활동하며 스트레스를 풀었다. 현조는 춤을 추면서 자신의 재능을 발견했다. 지역 고등부 동아리 대회에 나가서 상도 받았다. 공부에는 관심도 없고 소홀해졌다. 3학년이 되어서야 공부에 집중을 했지만 흘려보낸 시간을 메우기에 일 년은 부족할 수밖에 없었다.

현조는 천안에 있는 대학교의 경영학과에 입학했다. 고속 철도를 타면 서울에 있는 집에서 통학할 수 있었지만 일부러 학교 기숙사를 신청했다. 집에서 멀어지고 싶었기 때문이다. 주말에는 학교 인근에서 아르바이트를 했고 집에는 잘 가지 않았다.

1학년 여름 방학이 되어 집에 왔을 때, 윤슬의 키는 163센티미터까지 성장해 있었다. 현조와 키 차이가 2센티미터밖에 나지 않았다. 여덟 살 나이 차이가 무색할 정도로 윤슬의 몸과 마음은 훌쩍 자라 있었다. 여전히 자기 할 일을 척척 잘 해내면서 학원에 다니지 않는데도 상위권 성적을 유지했다. 엄마 아빠, 윤슬의 관계는 더 돈독해진 것 같았다. 그만큼 현조는 외로움과 소외감을 느꼈다.

집과 거리를 두며 지내던 대학교 2학년 때, 엄마에게서 전화가 왔다. 목소리가 심상치 않았다. 아빠가 교통사고를 당해 응급실에 실려 왔다고 했다. 현조는 당장 서울에 있는 병원을 찾았다. 엄마와 윤슬은 서로를 끌어안고 울고 있었다. 믿기지 않았다. 아빠가 세상을 떠났다는 것이. 현조는 당장 엄마와 윤슬에게 달려가고 싶었다. 그런데 왠지 모르게 망설여져 다가갈 수 없었다. 현조는 윤슬과 눈이 마주쳤다. 윤슬은 붉어진 눈으로 엄마 손을 꼭 잡고 있었다. 마치 벼랑 끝에 매달려 있는 것처럼. 살기 위해 죽을힘을 다하는 것처럼.

장례식이 끝나고도 엄마는 한동안 넋을 놓고 지냈다. 현조는 엄마에게 힘이 되고 싶었지만 엄마 곁에는 늘 윤슬이 있었다. 윤슬은 엄마를 살뜰히 챙겼다. 엄마와 윤슬 사이에 현조가 끼어들 틈은 보이지 않았다.

4학년을 앞두고 취업 준비로 바쁜 하루하루를 보내던 어느 날, 윤슬에게서 전화가 왔다. 윤슬은 울먹이며 엄마가 쓰러졌다고 말했다. 현조는 당장 서울로 올라가 병원을 찾았다. 엄마는 응급실에 누워 있었고 윤슬은 하염없이 울고 있었다. 현조는 의사를 만났다. 의사는 엄마의 짧은 미래를 예고하며 지금 할 수 있는 것들에 대해 조근조근 풀어놓았다.

수술을 마친 엄마는 예후가 좋지 않았다. 엄마는 연명 치료를 하는 대신 호스피스 병동으로 가겠다고 했다. 그곳에 간병해 주는 사람이 있으니 너희는 신경 쓰지 말고 너희 할 일을 하라면서. 고개를 돌리고 창밖을 하염없이 바라보던 엄마는 "우리 윤슬이 좋은 고등학교에 갈 수 있는데. 내가 뒷바라지를 해야 하는데."라며 말끝을 불안하게 흐렸다. 현조는 지금 그게 중요하냐고 물었다. 엄마는 현조에게 윤슬을 잘 챙기라고 했다.

엄마가 잠들자 현조는 병실 밖으로 나왔다. 윤슬이 서 있었다. 윤슬은 애써 웃으며 입을 열었다. "언니 힘들지? 이제 내가 엄마랑 있을게. 그만 들어가 쉬어. 언니 취업 준비하느라 바쁘잖아." 윤슬이 준 호의와 도망갈 기회를, 현조는 놓치지 않았다.

학교로 돌아온 현조는 취업 준비를 하며 주말마다 엄마를 만나러 서울에 왔다. 현조는 힘든 마음을 달래기 위해 친구들을 만나 술을 마셨고, 윤슬은 그런 상황에서도 공부에 집중했다.

이듬해 봄, 엄마가 돌아가셨다. 현조는 엄마의 임종을 지키지 못했다. 늘 떨어지던 1차 서류 전형을 하필 그때 통과해 면접을 봐야 했기 때문이다. 면접이 끝나고서야 소식을 들은 현조는 호스피스 병동으로 달려갔지만 엄마는 이미 떠난 뒤였다. 그날도 윤슬은 엄마 곁을 지키고 있었다.

엄마가 떠나간 뒤 현조는 일 년 동안 이력서와 자기 소개서를 쓰며 입사 지원을 했지만 매번 고배를 마셨다. 기약 없는 취업에만 기댈 수 없어 비교적 수입이 높은 물류 센터에서 아르바이트를 시작했다.

윤슬은 고등학교 입학을 앞두고 교복이며 이것저것 준비할 것이 많았다. 현조가 월급을 받으면 챙겨 주겠다고 말하자, 윤슬은 용돈을 모아 놓은 통장을 보여 주며 이 돈으로 해결하면 된다고 했다. 현조는 빈틈없이 빼곡하게 쌓여 있는 숫자를 보며 초라한 자신을 발견하고 인정해야 했다.

원하는 것에 대해 좀처럼 말하지 않던 윤슬이 현조에게 부탁한 것은 딱 두 가지였다. 고양이를 키우고 싶다는 것과 라이프비욘드에서 기록을 하고 싶다는 것. 첫 번째는 반대했지만 두 번째는 허락했다. 윤슬은 고맙다며 환하게 웃었는데, 그 웃음이 현조를 복잡한 감정 속으로 밀어 넣었다.

현조는 종종 윤슬의 방에 들어갔다. 잘 정돈된 침대와 책상. 벽에 붙어 있는 포스트잇에는 계획된 하루치의 공붓거리가 적혀 있었다. 흔들림 없이 열심히 살아가는 윤슬의 흔적이 고스란히 남아 있었다. 현조는 교과서들 사이에 꽂혀 있는 앨범을 발견했다. 언젠가부터 사람들은 사진을 인화하지 않았다. 디지털 앨범이라는 편리한 도구가 있으니까. 하지만 엄마는 몇몇 사진만큼은 인화해서 앨범에 간직했다. 그 앨범이 윤슬의 방에 있었다.

＊

　회상에서 깨어난 현조는 빈 유리잔을 반납하고 엘리베이터를 탔다. 5층에서 내린 뒤 키오스크 앞에 섰다. 회원 번호를 누르자, 윤슬의 얼굴이 화면에 떴다. 그 아래로 카테고리가 이어졌다. '꿈', '춤', '현조', '채원'. 현조는 두 번째 카테고리인 '춤'을 선택했다. 곧 화면에 7호실 안에서 대기해 달라는 문구가 떴다.

　초록색 크로마키로 둘러싸인 널찍한 공간은 텅 비어 있었다. 잠시 후 직원이 다가와 회원 번호와 신원을 확인하고서는 현조의 VR 기기 착용을 도왔다. 현조는 눈을 감은 채 하나, 둘, 셋을 세고는 눈을 떴다.

　눈앞에 윤슬의 방이 펼쳐져 있었다. 익숙한 연두색 벽지, 원목 책상과 의자, 싱글 침대. 방 안에는 은은한 비누 향이 번졌다. 편한 옷을 입은 윤슬이 침대에 걸터앉아 있었다.

　"윤슬아."

　현조 목소리에 윤슬이 고개를 돌렸다. 마치 살아 있는 것처럼 현조를 보며 환하게 웃었다.

　"뭐 하고 있었어?"

　현조가 조심스레 물었다.

　"이제 춤 연습하려고."

윤슬은 침대 옆에 놓인 휴대폰을 만지작거렸다. 곧 음악이 흘러나왔다. 일 년 전에 유행한 아이돌 음악이었다.

윤슬은 환한 얼굴로 팔다리를 유연하게 움직였다. 밝게 웃는 미소와 반짝이는 눈빛. 현조는 그 모습을 넋 놓고 바라보았다. 하루 이틀 연습한 솜씨가 아니었다. 긴 시간 공을 들인 노련한 몸짓이었다. 현조는 윤슬의 춤추는 모습이 낯설었다.

"춤은 왜 연습하는 건데?"

현조가 묻자 윤슬은 움직임을 멈추고 말문을 열었다.

"아이돌 그룹이랑 동작이 똑같아야 애들이 좋아하니까. 아까 팔이랑 다리 엇갈리는 춤선이 자꾸 어긋났어. 연습을 더 해야겠어."

윤슬은 음악이 끝날 때까지 쉬지 않고 몸을 움직였다. 그러고는 침대에 걸터앉아 천천히 숨을 골랐다. 현조는 윤슬 옆에 앉았다.

"언제부터 춤을 춘 거야?"

"중학교 1학년 때부터."

"왜?"

"무대에서 춤추는 언니를 봤을 때 언니가 얼마나 멋있었는지 몰라. 나도 언니처럼 춤을 잘 추고 싶었지만 소질이 없더라고. 그래서 포기했는데…….'

"그랬는데?"

"아빠가 돌아가시고 나서 너무 힘들었어. 언니는 답답할 때 춤을 추는 것 같더라고. 춤을 추고 난 뒤의 언니 얼굴이 엄청 반짝였거든. 나도 행복해지고 싶었어. 내가 춤을 잘 추면 언니가 날 좋아해 주지 않을까, 춤을 통해 언니랑 더 친해지고 같이 시간을 보낼 수 있지 않을까 생각했어. 계속 추다 보니까 실력도 늘고 애들이 좋아해 주더라."

현조는 윤슬이 춤을 좋아했다는 사실을 전혀 몰랐다. 윤슬은 다시 음악을 틀고는 몸을 움직이기 시작했다. 현조는 춤을 추는 윤슬을 아련한 눈길로 바라만 보았다.

체험 종료를 알리는 신호음이 울렸다. 현조는 얼굴에 장착했던 VR 기기를 벗었다. 그러자 윤슬의 방도, 윤슬도 순식간에 사라져 버렸다.

*

엘리베이터를 기다리는 동안에도 윤슬이 춤추던 모습이 잊히지 않았다. 이윽고 문이 열렸다. 현조는 내려가는 내내 지난 시간을 회상했다.

윤슬의 장례식이 끝난 뒤 사망 신고를 했다. 한 달 뒤, 라이프비욘드에서 연락이 와 찾아갔다. 담당자는 윤슬이 5월부터 일주일에 한 번씩 기록을 남겼다면서 윤슬의 기록 카테고리를 알려 주었다.

가상 현실에서 처음 윤슬을 만났을 때 현조는 모든 것이 혼란스러웠다. 현실에 없는 윤슬이 가상 공간에서는 살아 있는 듯 움직이고 말을 하는 것이. 특히 '현조'라는 카테고리 앞에서 늘 머뭇거리게 되었다. 하지만 '채원' 카테고리는 궁금했다. 윤슬이 세 시간을 꼼짝하지 않고 채원을 기다린 이유가 그 안에 있을 것 같아서. 그러나 '채원'은 채원에게만 허락된 카테고리였다. 수옥에게 부탁해 채원을 만나려 했지만 거절당했다. 이후 윤슬이 남긴 모든 데이터는 카테고리별로 열람을 마치면 삭제된다는 것을 알게 되었다. 담당자는 윤슬이 지정한 사항이라고 했다.

윤슬이 세상을 떠난 뒤 현조는 무엇도 정할 수 없었다. 당분간 서울을 떠나 천안에 가 있기로 하고 휴대폰 번호도 바꾸었다. 계절이 바뀔 때마다 옷을 가지러 서울 집을 찾았지만 윤슬의 그림자로 가득한 빈집에 오래 머물 수 없어 곧장 천안으로 향했다.

일 년쯤 지나서야 현조는 서울 집에 돌아왔다. 여전히 윤슬의 그림자는 집 안에 머물러 있었다. 그래도 시간이 지난 덕분일까, 현조에게는 윤슬의 그림자를 마주할 마음의 공간이 생겼다. 라이프비욘드에 있는 윤슬을 만나 이야기를 들을 수 있었다. '꿈' 카테고리를 통해 윤슬이 여행을 떠나고 싶어 했다는 사실 그리고 고양이, 채원과 함께한 시간에 대해 알게 됐다. 채원은 그동안 알지 못했던 윤슬의 낯선 모습을 마주하게 되었다.

엘리베이터에서 내린 현조는 이제야 현실로 돌아온 것처럼 시간을 확인했다. 아르바이트를 가려면 서둘러야 했다. 그때 휴대폰 문자 알림음이 울렸다.

― 현조 누나, 저 우주예요. 그동안 잘 지냈어요? 이틀 전에 한국에 왔어요. 예전에 일하던 편의점에서 다시 일하게 됐어요. 누나한테는 알려야 할 것 같아서요.

현조는 문자를 보자마자 반가운 마음이 들어 바로 전화를 걸었다.

"우주, 한국에 왔구나. 나도 서울에 있어."

"그래요?"

"보고 싶다, 우주야. 그런데 어쩌지. 알바하러 가야 해서. 조만간 편의점에 들를게."

"알았어요, 누나."

현조는 전화를 끊고는 라이프비욘드 건물 밖으로 나왔다.

6

채원이 학원 강의실 안으로 들어오자 한 무리의 아이들이 채원을 힐끔거렸다. 채원의 귀는 그 아이들이 속닥거리는 소리로 향했다. 무슨 이야기를 하는 걸까. 채원은 가방에서 책을 꺼내 책상 위에 놓은 뒤 주변을 둘러보았다. 한 아이와 눈이 마주쳤다. 그 눈빛이 미묘해 채원은 고개를 돌려 버렸다.

'쟤도 알고 있는 걸까.'

왠지 모를 압박감에 가슴이 답답했다. 모두가 채원을 두고 수군대는 것만 같았다. 매 순간 아이들의 시선에서 벗어날 수 없었다. 시간이 지나면 괜찮아질 줄 알았다. 하지만 점점 자신이 없어졌다. 할머니에게 말할 수는 없었다. 할머니는 채원이 나아진 줄 알고 있으니까. 할머니를 실망시키고 싶지 않았다.

채원은 강의실에서 나와 복도 창문을 활짝 열었다. 후텁지근한 공기가 밀려들었다. 먼 곳으로 시선을 올렸다. 쨍쨍한 햇빛과 파란 하늘, 그 사이를 천천히 가로지르는 구름 속으로 단숨에 뛰어오르고 싶었다. 구름에 갇혀 사라지고 싶었다.

수업 시작을 알리는 종소리가 울렸다. 채원은 강의실 쪽으로 몸을 돌렸다. 어서 문을 열고 들어가야 하는데 몸이 움직이지 않았다. 온라인 수업으로 대체하고 싶은 마음만 간절했다.

"채원아, 거기서 뭐 하니?"

국어 선생님이었다.

"그, 그게…….."

"왜? 무슨 할 말 있니?"

채원은 발치를 내려다보며 조심스레 입을 열었다.

"선생님, 저…… 온라인 수업으로 변경할 수 있을까요?"

"온라인?"

"…….."

채원이 말을 잇지 못하자 선생님이 강사실로 가자고 말했다.

마주 앉은 선생님이 이유를 물었지만 채원의 다문 입은 열리지 않았다. 채원의 대답을 기다리다가 선생님이 먼저 입을 뗐다.

"알았어. 일단은 그렇게 하자. 그 대신 마음이 바뀌면 언제든 얘기해."

채원은 서둘러 강의실로 들어가 책상 위에 놓인 책을 가방에 넣고는 빠져나왔다. 강의실에서 멀어질수록 마음이 가벼워졌다.

햇볕이 뜨거웠다. 이마에 땀이 맺혔다. 점점 지쳐 가던 채원은 나무 그늘 아래 벤치에 앉았다. 바람을 찾아 고개를 들자 나뭇잎 사이를 통과한 햇살이 얼굴에 내려앉아 빛의 무늬를 만들었다. 작은 바람이 불 때마다 무늬가 일렁였다. 물결 위에 흔들리는 빛, 윤슬처럼.

또다시 윤슬이 따라왔다. 채원은 윤슬에게서 벗어나고 싶어 마이월드에 접속했다. 채원의 아바타는 나무 그늘 아래 앉아 있었다. 냉장고에서 사료를 꺼내 공기에게 주자 아바타 공기가 사료를 먹기 시작했다.

"많이 먹어."

바람이 불어왔다. 조금 전보다 큰 바람이었다. 채원은 바람이 불어오는 곳으로 고개를 돌렸다. 나뭇잎이 흔들리며 햇빛이 채원의 얼굴로 쏟아져 내렸다. 눈이 부셔 눈을 감았다. 밀어냈던 윤슬이 바람을 타고 다가오기 시작했다.

*

채원이 고등학생이 되면서 수옥은 라이프비욘드의 상품 설계

사로 일하기 시작했다. 대부분의 설계사들은 라이프비욘드 상품의 주요 고객을 노인으로 삼았다. 부모를 위한 자식들의 효도 선물, 또는 자식들에게 물려줄 부모의 유산이라는 식으로 마케팅을 했다. 하지만 수옥은 달랐다. 수옥은 세상을 떠나는 일에는 순서가 없다고 생각했다. 부모보다 자식이 먼저 생을 마감할 수도 있으니 말이다.

살아 있는 사람들은 세상에 없는 사람들을 가상 세계에 머물게 했다. 봉안당에서 추모하고 애도하는 것을 넘어 얼굴을 마주 보고 이야기를 나누면서 위안을 얻고 사랑을 확인했다. 어떤 이에게 그것은 살아가는 희망이 되기도 했다. 기술이 발전해도 외로움은 소멸되지 않았다. 사람들은 여전히 마음을 나누며 소통의 끈을 이어가고 싶어 했다.

사람들은 한 달에 한 번에서 네 번, 정기적으로 라이프비욘드를 방문해 자신의 일상과 감정을 기록했다. 기록자가 세상을 떠나면 그 데이터를 바탕으로 죽은 이의 삶이 새롭게 시뮬레이션되었다. 대부분의 사람들은 기록할 때 집을 가상 공간으로 만들고 거기 머물렀다. 하지만 특약으로 자신이 원하는 장소를 택한 이들도 있었다. 돈을 들이면 다양한 옵션을 사용할 수 있었다. 집 안 인테리어나 가구를 교체하고 계절마다 취향을 살려 옷과 신발을 바꾸는 것도 가능했다. 그러면 세세한 감정이나 경험이 더해져 유족들이 고인과 대화할 때 더욱 풍부하고 깊이 공감할 수 있었다.

유가족은 가상 현실에 머물게 된 고인을 자유롭게 만날 수 있었다. 그러나 가족이 아닌 경우엔 유가족의 동의를 얻어 특정 기억이나 메시지만 열람할 수 있었다. 단, 고인이 특별히 지정한 사람은 가족의 동의와 무관하게 만날 수 있었다.

수옥은 젊은 사람들을 만나러 다녔다. 대부분이 채원 또래의 아이를 둔 부모였다.

수옥을 비난하는 이들도 있었다. 자식을 잃은 누군가의 참담함을 이용한다는 이유에서였다. 하지만 현실은 냉정했다. 여기저기서 터져 나오는 크고 작은 재난과 신종 바이러스로 불안한 세상에서 죽음은 가까이에 존재했다. 죽음에 순서가 없다는 것을 직접적으로든 간접적으로든 누구나 현실로 체감하게 됐다.

수옥이 상품을 팔기 위해 잠재적 고객에게 가장 먼저 꺼내는 이야기는 자신의 손녀 채원도 기록을 남기고 있다는 것이었다. 그 일로 아이들 사이에선 수옥과 채원에 대한 말들이 오갔다. 채원은 할머니에게 아이들 부모를 만나지 말아 달라고 사정했다. 수옥은 널 키우는 데는 돈이 필요하다고 말했다. 할머니는 나에 대한 사랑보다 책임감이 더 큰가 보다, 하고 채원은 생각했다.

그 무렵 아이들 사이에서 채원의 엄마가 채원을 두고 사라졌다는 소문이 돌았다. 채원이 숨기고 싶었던 비밀이 또다시 드러난 것이다. 그 소문은 윤슬의 귀에까지 들어갔다. 채원은 윤슬이 왜 거짓말을 했는지 물을 줄 알았다. 하지만 윤슬은 아무것도 묻지 않고 오히려 채원을 더 신경 쓰며 걱정해 주었다. 채원은 윤슬이 자신을 동정하는 것이 아닐까 생각했다. 동정을 바란 적은 없는데. 채원은 점차 윤슬을 피하게 됐다.

둘이서 함께 기록을 하러 라이프비욘드에 가기로 한 날이었다. 윤슬이 연락을 했지만 채원은 잠수를 탔다. 어쩔 수가 없었다. 중학생 때 받았던 상처의 그림자가 짙었기 때문이다. 혼자가 된 채원은 습관처럼 도서실로, 마이월드 속 자기만의 섬으로 숨어들었다.

며칠 뒤 윤슬로부터 문자가 왔다.

— 난 네가 날 속였다고 생각하지 않아.

채원은 대답하지 않았다.

— 넌 날 진짜 친구라고 생각해?

채원이 응답을 하지 않자 윤슬도 조용해졌다.

학교에서 윤슬은 채원을 모르는 척했다. 보란 듯이 다른 아이들 틈에 들어가 커피우유를 마시며 이야기를 나누었다. 채원은 다시금 깨달았다. 윤슬이 다른 세계에 있는 아이라는 걸. 어디서든 빛이 나는 아이라는 걸. 채원은 아무렇지 않은 척 넘기려 했다. 윤슬을 투명 인간처럼 대하려 했다. 하지만 마음은 윤슬에게 향해 있었다. 윤슬이 멀어지자 겁이 났고, 예전처럼 지내고 싶은 마음이 커져만 갔다.

채원은 공연 표를 두 장 예매한 다음, 표 사진과 함께 메시지를 보냈다.

— 윤슬아, 네가 곁에 없으니까 너의 소중함을 알게 됐어. 내일 공연 표야. 나랑 같이 가지 않을래?

답을 기다리는 채원의 마음은 초조했다. 십여 분 뒤 윤슬로부터 회신이 왔다.

— 그래, 같이 가자.
— 좋아. 토요일 오후 4시에 공연장 앞에서 만나.

채원은 오랜만에 깊고 편안한 잠을 자고 일어났다. 윤슬로부터 문자가 와 있었다. 몸살이 난 것 같아 공연에 갈 수 없다는 내용이었다. 내심 서운했지만 윤슬이 얼른 건강해지길 바랐다. 윤슬과 함께하지 못하면 공연에 갈 이유가 없어 표를 취소했다.

그날 밤, 채원은 SNS를 둘러보다가 놀이공원에 간 아이들 속에서 건강하게 웃고 있는 윤슬을 발견했다. 왈칵, 눈물이 났다. 자신을 속인 윤슬이 밉고 화가 났다.

월요일, 채원이 교실에 들어오자 윤슬이 다가와 말을 걸었다. 채원은 윤슬과 눈을 마주치지 않고 대답도 하지 않았다. 자존심을 지키고 싶었다. 화가 치밀고 질투가 났다. 윤슬은 채원의 마음도 모르고 계속 대화를 시도하며 커피우유를 내밀었다. 채원은 보란 듯이 커피우유를 들고 화장실에 가서 변기에 쏟아 버렸다.

그렇게 냉랭한 일주일을 보내고 금요일 늦은 밤, 윤슬에게서 메시지가 왔다.

— 우리, 얘기 좀 하자.

채원은 윤슬의 문자가 반가웠다. 하지만 그런 자신이 한없이 바보같이 느껴져 답을 하지 않았다. 그러자 또다시 윤슬로부터 메시지가 왔다.

— 제발 얘기 좀 하자.
— 무슨 얘기?
— 만나서 하고 싶어.

채원은 다음 날 오후 2시에 H 쇼핑몰 앞에서 윤슬과 만나기로 약속했다.

더위가 시작된 6월 초였다. 채원은 약속 시간 한 시간 전에 준비를 마쳤다. 신발을 신고 현관문을 열어 아파트 복도로 나온 순간, 마음이 바뀌었다. 윤슬도 알았으면 했다. 사랑받는 아이들은 절대 알 수 없는 감정을 느끼게 해 주고 싶었다.

채원은 도로 집 안으로 들어와 휴대폰 전원을 꺼 버렸다. 신경을 쓰고 싶지 않아서 침대에 누워 잠을 청했다.

시간이 흘러 잠에서 깨자 오후 4시였다. 휴대폰 전원을 다시 켰다. 윤슬로부터 부재중 전화가 여러 통 와 있었다. 채원은 이 정도면 충분하다 싶었다. 아파서 약을 먹고 잠들었다고 말하면 될 것 같았다. 윤슬이 지금까지 자신을 기다리고 있다면.

집 밖으로 나와 버스를 탔다. 쇼핑몰까지는 버스로 삼십 여분이면 충분했다. 그런데 그날따라 유난히 차가 막혔다. 채원은 시간을 확인했다. 오후 4시 50분. 윤슬에게선 연락이 없었다. 화가 나서 말도 없이 돌아간 걸까. 그제야 마음이 초조해졌다.

멀리서 사이렌 소리가 들려왔다. 뿌연 연기가 하늘을 뒤덮었다. 채원은 창밖으로 고개를 돌렸다. 버스에서 사람들이 수군거리기 시작했다. 누군가 H 쇼핑몰 앞에서 사고가 났다고 말했다. 또 다른 목소리가 끼어들어 '싱크홀'이라는 단어를 흘렸다. 채원은 창문을 열었다. 하늘을 뒤덮은 연기가 먼지구름이었다는 걸 그제야 깨달았다.

인터넷 포털 사이트에 접속하니 속보가 떠 있었다. H 쇼핑몰 앞 보도블록과 도로가 갑자기 붕괴되었다는 내용의 기사였다. 가로 15미터가량의 땅 꺼짐이 생겼다고 했다. 바로 윤슬과 만나기로 한 장소였다. 채원은 즉시 하차 벨을 눌렀다. 버스에서 내린 채원은 쇼핑몰로 달려 나갔다.

쇼핑몰 앞에 도착했을 때 주변은 혼잡했다. 경찰과 소방차, 구조대원들, 방송차와 기자들로 발 디딜 틈이 없었다. 채원이 할 수 있는 일은 윤슬에게 전화를 거는 것뿐이었다. 채원은 떨리는 손으로 간신히 단축키를 눌렀다. 윤슬은 전화를 받지 않았다. 몇 번을 반복해도 묵묵부답이었다. 채원이 의지할 사람은 할머니뿐이었다. 수옥에게 전화를 걸었다.

"거기 그대로 있어. 할머니가 갈 때까지."

채원은 사방을 둘러보았다. 소방차와 경찰차, 앰뷸런스의 요란한 소리와 사람들의 아우성으로 혼잡했다. 겁이 나고 무서웠다. 어디에 시선을 둬야 할지 몰랐다. 길을 잃은 듯 주변을 서성거렸다. 한 시간쯤 지나, 수옥이 현장에 도착했다.

"괜찮니? 채원아?"

수옥이 채원을 끌어안았고 채원은 그제야 울음을 터뜨렸다.

"윤슬이랑 만나기로 약속을 했는데…… 그런데…….."

채원이 울먹이며 말했다.

"걱정 마. 윤슬이는 아무 일 없을 거야."

수옥은 주위를 둘러보았다. 아수라장인 세상에서 두려움에 휩싸였다. 채원의 휴대폰이 울렸다. 현조였다. 채원은 떨리는 손으로 전화를 받았다.

"윤슬이랑 같은 반인 아이에게 연락을 받았어. 윤슬이랑 너랑 H 쇼핑몰 앞에서 만나기로 했다며. 윤슬이가 전화를 받지 않아서 네게 한 거야. 윤슬이 만났니?"

"그, 그게……."

채원이 울먹이며 말을 못 잇자 수옥은 채원의 손에서 휴대폰을 가져가 전화를 받았다.

"사고가 난 모양이다. 아무래도……."

한 시간 뒤 물류 센터 복장을 한 현조가 나타났다.

"도대체 이게 무슨 일이야? 어떻게 된 일이냐고!"

현조는 정신을 잃은 사람처럼 소리를 질렀다.

채원은 아무 말도 할 수 없었다. 수옥은 현조에게 진정하라는 말을 되풀이했지만 소용이 없었다.

현조는 사고 현장에서 밤을 지새우며 윤슬의 소식을 기다렸다. 채원과 수옥 역시 현장에서 벗어날 수 없었다. 이틀이 지나고 윤슬이 발견되었지만, 이미 세상을 떠난 뒤였다.

이후 쇼핑몰 인근에는 사고로 희생된 사람들의 분향소가 설치되었고, 많은 사람이 찾아와 애도를 표했다.

채원은 수옥과 함께 윤슬의 장례식장을 찾았다. 장례식장에 들어선 채원의 얼굴을 보자마자 현조가 컵에 든 물을 쏟아부었다.

"네가 어떻게 여길 오니! 네가 약속을 지켰으면 윤슬이 그때 거기 없었을 거야! 당장 꺼져! 사라지라고!"

채원은 제자리에서 모진 말을 고스란히 받아들였고, 주변에 있던 사람들은 쑥덕거렸다. 수옥은 현조 앞으로 다가섰다.

"동생을 잃은 아픔은 이루 말할 수 없겠지. 나도 무척이나 슬프고 안타까워. 그런데 그 일이 어째서 채원이 탓이니? 그렇게 몰아붙이면 네 마음이 편하니?"

"할머니…… 그만하세요."

채원이 울먹이며 끼어들었다. 수옥은 채원의 손을 잡았다.

"가자."

수옥은 채원을 데리고 밖으로 나와 차를 운전해서 집으로 돌아왔다. 집 안에 들어오자 수옥은 채원의 손을 놓았다. 채원은 의지할 곳이 너무나 간절했다. 혼자 서 있다가는 어디론가 휩쓸려 사라져 버릴 것 같았다. 채원은 할머니에게 다가가 뒤에서 끌어안았다. 수옥은 뒤돌아 양손으로 채원의 얼굴을 감싸고는 두 눈을 똑바로 쳐다보며 말했다.

"네 탓이 아니야. 네 잘못이 아니야. 이건 사고일 뿐이야."

수옥은 채원의 손을 잡고 방으로 들어갔다. 채원을 침대에 눕히고 수옥도 그 옆에 누웠다. 수옥은 아기를 달래듯 채원의 등을 쓸어내렸다. 채원은 수옥의 품에서 목 놓아 울었다. 그렇게 울다 지쳐 잠이 들었다.

잠에서 깼을 때 채원은 혼자였다. 무섭고 떨렸다. 할머니를 찾으러 방에서 나왔다. 거실에도 없었다. 슬며시 안방 문을 열었다. 할머니의 뒷모습, 양어깨가 흔들리고 있었다. 할머니는 흐느끼고 있었다. 숨을 죽인 채 울고 있었다. 채원은 할머니를 부르지 못한 채 조용히 문을 닫고 제 방으로 돌아올 수밖에 없었다.

다음 날 아침, 수옥은 채원을 깨웠다. 채원의 눈은 퉁퉁 부어 있었다. 수옥은 채원을 안아 주었다.

"밥 먹자. 밥 먹고 힘내서 학교 가자."

"가기 싫어요, 할머니."

"아니, 가야 해. 할머니가 말했지. 넌 잘못이 없다고. 그러니 가야지."

수옥은 옷장에서 교복을 꺼내 침대 위에 올려놓았다.

"씻고 옷 갈아입으렴."

채원은 어젯밤 울던 할머니를 떠올렸다. 자신 때문에 할머니가 운 것이 슬펐다. 말 잘 듣는 어린아이처럼 순순히 교복을 입었다.

채원은 수옥이 운전하는 차를 타고 학교 앞에 도착했다. 수옥은 채원의 손을 잡고 걸었다. 채원은 이대로 도망치고 싶었지만 할머니에게서 벗어나는 것이 겁났다. 건물 현관 앞에 이르자 수옥은 채원의 등을 토닥였다.

"네 잘못이 아니야. 그것만 기억해."

채원은 발이 떨어지지 않았다.

"어서 올라가."

수옥은 채원의 등을 떠밀었다.

교실 입구엔 하얀 국화꽃이 수북했다. 아이들은 꽃을 들고 교실에 들어와 윤슬의 책상 위에 올려놓았다. 채원이 꽃을 들자 한 아이가 꽃을 빼앗았다.

"넌 자격 없어. 윤슬이가 널 만나러 가서 얼마나 기다린 줄 아니? 기다리다 지쳐 나한테 전화를 했어. 난 그냥 돌아오라고 했는데, 윤슬이는 끝까지 너를 기다리겠다면서 거기 있었다고. 네가 약속을 지켰다면 윤슬이는 사고를 당하지 않았을 거야. 왜 휴대폰까지 꺼 놓고 나오지 않은 건데!"

채원은 아무 말도 할 수 없었다. 주위의 아이들이 모두 이쪽을 보고 있었다. 채원은 도망치듯 교실에서 빠져나왔다. 도서실 안으로 들어가 구석에 몸을 숨겼다.

채원은 마이월드 안에 있는 자기만의 섬을 찾았다. 섬을 지키는 외로운 채원의 아바타와 고양이 공기 아바타가 그곳에 있었다. 채원의 아바타는 하얀 국화꽃 한 송이를 구입한 뒤, 냉동실 안에 꽃을 넣었다. 채원이 윤슬을 위해 할 수 있는 일은 그것뿐이었다.

'미안해, 윤슬아. 정말 미안해.'

윤슬을 죽음으로 몬 채원. 이 이야기는 어른들의 세계로 번져 나갔다. 며칠 뒤, 라이프비욘드 고객인 학부모로부터 소문을 전해 들은 수옥이 곧장 학교로 갔다. 점심시간이지만 채원은 식당에 없었다. 채원이 도서실에 있다는 이야기를 들은 수옥은 도서실로 들어가 서가 사이를 거닐며 채원을 찾았다. 채원은 900번 서가 구석에 웅크리고 앉아 있었다.

수옥은 채원을 데리고 교무실로 향했다. 담임 교사를 만나 바로 휴학을 시켰다. 학교에서 나온 뒤, 차에 채원을 태우고 부동산 중개소로 향했다. 집을 알아보았고, 두 달 뒤 지금 살고 있는 집으로 이사를 왔다.

수옥은 채원을 데리고 상담실을 찾았다. 채원은 좀처럼 마음을 열지 않았다. 모든 게 소용없다고 생각했다. 윤슬을 그렇게 보내고 마음이 편해지겠다는 자신이 혐오스러웠다. 물론 이런 마음을 수옥에게는 말할 수 없었다.

새집으로 이사를 온 뒤, 채원은 하루 종일 방에서만 지냈다. 윤슬의 그림자가 방 안에 가득 차서 불을 켜도 언제나 잿빛이었다. 채원은 손에서 휴대폰을 놓지 않고 H 쇼핑몰 싱크홀 사고에 대한 기사를 찾아 읽었다. 그때 채원의 시선을 붙잡은 것은 'J'라는 사람이었다. J는 이틀 동안 싱크홀 사고 현장에 갇혀 있다가 구조되었다. 곧바로 병원으로 옮겨졌고 일주일 만에 깨어났다고 했다.

J는 희망의 아이콘이 되었다. 재난을 뚫고 살아났기 때문이다. J는 구조되자마자 카메라 앞에서 우유가 먹고 싶다고 했다. 한 우유 회사에서는 J에게 평생 우유를 무상으로 제공하겠다고 했다.

채원은 J를 만나고 싶었다. 그 사람을 통해 희망이라는 것을 발견하고 싶었다.

채원은 J가 이송되었다는 병원을 찾았다. 기사에서는 사고 현장 인근의 종합 병원이라고 했다. 사고 현장에서 가장 가까운 병원은 S대 의료원이었다. J의 실명도 얼굴도 모르는 상태에서 채원은 무작정 S대 의료원을 찾아갔다. 간호사에게 J가 있는 곳을 물었지만 당연히 알려 줄 리가 없었다.

채원은 가능성이 희박하다는 것을 알면서도 우연히 만나길 기대하며 날마다 입원 병동의 복도를 걸었다. 그렇게 매일 병원을 찾은 지 한 달이 되었을 때쯤, 데스크에 앉아 있던 간호사들의 이야기를 듣게 되었다. 1204호에 입원해 있는 아이가 J라고 했다. 간호사들은 J가 점점 회복하고 있다며 조만간 퇴원하게 될 것이라는 말을 주고받았다. 한 간호사가 혈압과 맥박을 확인한다면서 J의 병실로 향했다. 채원은 조용히 간호사의 뒤를 따랐다.

문이 잠깐 열린 사이로 머리가 짧고 어깨가 넓은 소년의 뒷모습이 보였다. 잠시 뒤 간호사가 밖으로 나와 데스크 쪽으로 사라졌다. 복도에는 아무도 없었다. 채원은 문 앞에 다가섰다. 노크를 하려 손에 힘을 주었다가 도로 힘을 빼 버렸다. 어떤 행동도 할 수 없었다. 혹시나 J가 병실 밖으로 나오지 않을까, 생각하며 그 순간만을 기다렸다.

그때 채원은 복도에서 익숙한 얼굴을 발견했다. 현조였다. 놀란 채원은 반대편 복도 끝으로 달아났다. 이곳에서 현조 언니를 만날 거라고는 상상도 하지 못했다. 현조 언니는 왜 병원에 온 걸까.

채원은 비상계단을 통해 건물 1층으로 내려와 밖으로 나왔다. 며칠 뒤, 병원을 다시 찾았을 때 J는 퇴원을 하고 없었다. 이후 채원은 J라는 아이를 서서히 잊어 갔다.

사고 이후 가을과 겨울이 지나고 봄이 되었다. 채원은 3월부터 새로운 학교에서 새로운 아이들과 새로운 일상을 시작했다. 채원은 달라지고 싶었다. 더 이상 혼자 있고 싶지 않았다. 아이들에게 사랑받기 위해 노력하고 애를 썼다. 카페에서 마시는 음료, 식당에서 먹는 음식, 조별 과제 역할 등 채원은 모든 것을 양보하고 아이들에게 맞춰 주었다. 재미없는 농담에도 웃어 주고 생일 때마다 선물을 챙겨 주었다. 모든 것을 희생하면 아이들이 자신을 좋아해 줄 거라고 생각했다. 하지만 어떤 이유에서인지 아이들은 채원에게서 멀어졌다. 그 이유를 묻자 이런 답이 돌아왔다.

"넌 늘 척만 하잖아. 진심도 없고, 영혼도 없이."

채원은 진심에 대해 생각했다. 원하는 것을 포기하면서 맞춰 주었는데 진심이 느껴지지 않는다니. 노력하지 않았을 때와 노력했을 때의 결과가 마찬가지라는 것을 알았을 때 채원의 낙담은 한없이 깊어졌다.

곰곰이 생각했다. 어쩌면 영혼이 없다, 진심이 없다는 말은 핑계일지 모른다고. 저 아이들도 윤슬의 사고에 대해 알게 된 것이 아닐까,라고.

채원은 갈 곳이 없어 자기 안으로 파고들었다. 마이월드 속, 자기만의 섬으로. 섬 가운데 덩그러니 놓여 있는 냉장고와 고양이, 채원의 아바타. 이윽고 그 섬에 바오바브나무를 심었다. 구엘 공원의 성벽을 쌓고 하늘에 오로라를 펼쳐 두었다. 외로울 때마다 이곳에 들어와 잠시 머물다가 현실로 돌아가곤 했다.

*

'구엘 공원, 오로라, 바오바브나무…….'

채원은 문득 윤슬과 함께 사용하던 SNS 계정인 @light_round가 떠올랐다. 사고 이후 그 계정에 로그인을 한 적이 없었다. 채원은 오랜만에 SNS에 접속했다.

그사이 '좋아요' 수가 늘어 있었는데, 모두 각자 계정을 광고하기 위한 '좋아요'였다. 단 세 개뿐인 게시물 사진으로 눈길을 옮겼다. 구엘 공원, 바오바브나무, 오로라. 윤슬과의 추억은 여전히 존재하고 있었다.

그때 채원의 눈에 들어온 것이 있었다. 낯선 이로부터 온 메시지. 이것 역시 광고이겠거니 하며 무심한 마음으로 확인을 했다. 하지만 예상과 달리 긴 글의 편지가 펼쳐졌다. 채원은 조심스러운 마음으로 글을 읽어 나갔다.

가우디가 지은 건물은 언제나 새로워. 사그라다 파밀리아도, 카사 바트요도. 그중에서 구엘 공원이 내 마음을 사로잡았어. 이 장소는 모든 계절이 달라. 봄과 여름과 가을과 겨울이 달라. 나무의 색깔, 피는 꽃, 쏟아지는 빛 모두……. 계절마다 쏟아져 내리는 빛이 달라지며 풍경도 바뀌어. 빛을 이렇게 오래 응시한 적이 있었을까. 그림자 모양을 관찰한 적이 있었던가. 같은 시간에 구엘 공원에 오면서 같은 길도 빛에 따라 느낌이 달라진다는 것을 알게 됐어.

구엘 공원은 전원주택 단지로 계획된 곳이었대. 가우디가 처음 주거 단지를 구상할 때 그 부지의 자연을 최대한 보존하려고 노력했다고 해. 나무를 자르지 않고 이사하듯 옮겨 심고, 원래 나무가 있던 자리에 기둥을 세울 때도 찾아오는 새들이 앉아 쉴 수 있도록 장치를 다양하게 만들었대. 지금 나는 구엘 공원에 앉아서 하루를 마무리하고 있어. 멍하니 앉아 있다가 이 글을 쓰고 있지. 이 자리가 나를 위해 만들어 놓은 것처럼 조금은 편안해. 너도 거기서 편안하니?

채원은 구엘 공원 사진이 담긴 게시물을 본 뒤 상대방이 메시지를 보낸 날짜를 확인했다. 한 달 전이었다. 채원은 처음부터 내용을 다시 읽어 나갔다.

이 메시지는 누가 보낸 걸까. '너도 거기서 편안하니?' 너는 누구를 말하는 것일까. 채원은 누구에게도 이 계정에 대해 말한 적이 없었다. 신원을 추측할 수 있는 그 어떤 것도 피드에 올리지 않았다. 다른 사람을 친구로 추가하지도 않았다.

채원은 메시지를 보낸 계정인 @weightless를 검색했다. 그런데 아무것도 뜨지 않았다. 몇 번을 반복해도 마찬가지였다. 그 계정은 존재하지 않았다.

너도 거기서 편안하니?

채원은 마지막 질문이 자신을 향한 물음인 듯 마음속으로 대답했다.

'아니, 난 절대 편안하지 않아.'

채원은 불편한 마음에서 벗어나기 위해, 일어나 걷기 시작했다.

2부 아름다운 것들

1

채원은 무인 편의점 안으로 들어갔다. 진열대 앞에서 서성이는
데 반려동물 간식 코너가 눈에 띄었다. 고양이 간식 츄르를 고른
뒤 키오스크에서 계산하고는 밖으로 나왔다.

벤치에 앉아 길 건너 바오바브나무 아래를 보며 고양이 공기를
기다렸다. 시간이 지나도 고양이는 보이지 않았다. 간식을 만지
작거리다가 바오바브나무가 있는 유인 편의점 뒤편으로 향했다.
고양이를 찾기 위해 여기저기 기웃거리던 중 나무 뒤쪽에서 반짝
이는 두 눈동자를 발견했다. 반가운 마음에 가까이 다가가려다가
곧 뒤로 물러섰다. 채원이 다가가면 공기는 분명 달아날 것이다.
이곳은 공기의 영역이고 채원은 공기에게 낯선 존재다. 공기의
공간을 지켜 주고 싶었다.

공기는 경계하듯 날이 선 눈으로 채원을 보고 있었다. 다행히

달아나지는 않아, 그 앞에 간식을 놓고는 멀찍이 뒤로 물러섰다.

머뭇거리던 공기가 냄새를 맡으며 살금살금 간식 쪽으로 걸음을 옮겼다. 채원도 뒷걸음쳤다. 공기가 간식을 먹기 시작했다. 채원은 알고 있었다. 고양이와 가까워지려면 시간과 거리가 필요하다는 것을. 도도한 장미 같은 공기. 채원은 이 편의점의 도로명 주소를 찾았다. 별말로 612. 채원은 이곳을 '별말로 612 섬'이라고 부르기로 했다.

누군가 뒤에서 채원의 어깨를 톡톡 두드렸다. 고개를 돌리니, 편의점 알바생 우주가 생수를 들고 서 있었다.

"여기서 뭐 해?"

"공기에게 간식 줬어."

채원은 우주 눈앞에 간식 봉지를 흔들었다.

"무인 편의점에서 산 거네. 이왕이면 우리 편의점에서 사지."

"습관이 돼서."

"좀 서운하지만 취향은 존중할게."

우주는 공기에게 가까이 갔다.

공기는 야옹야옹, 맑고 투명한 소리를 내며 우주의 다리 사이를 오갔다.

"공기랑 친해졌네."

"응. 내가 저 녀석의 영역이 되고 있는 거지."

우주는 공기의 물그릇에 생수를 부었다. 공기가 다가와 분홍 혀를 내밀며 물을 할짝거렸다.

"날이 더워서 시원한 물로 자주 갈아 줘야 해."

우주는 뒤에 서 있는 채원을 보며 말했다.

우주가 편의점 안으로 들어왔다. 채원도 우주 뒤를 따랐다. 문을 닫자 머리 위에서 풍경 소리가 맑게 퍼져 나갔다. 우주는 주문대 앞에 섰다.

"뭐 살 거 있어?"

"아니, 더워서 좀 있다 가려고 하는데. 괜찮지?"

채원은 계산대 뒤, 열려 있는 문틈으로 눈을 돌렸다. 창고인 줄 알았는데 간이침대와 베개, 이불이 보였다. 알바생의 물건인 것 같았다. 우주는 채원의 시선을 따라 고개를 돌렸다. 채원이 보고 있다는 것을 알고는 열려 있는 문을 닫았다.

"여기서 지내?"

"응."

"집은?"

"그런 것까지 다 말해야 하나?"

"미안. 내가 선을 넘었나 보네."

무안해진 채원은 안쪽으로 들어가 냉장고 앞을 서성거리다 커피우유를 골라 계산대 위에 올려놓았다. 우주는 커피우유의 바코드를 찍었다.

"커피우유 좋아하나 봐. 저번에도 같은 걸 산 것 같은데."

"여기만 오면 이걸 사게 돼."

"여기만 오면? 특별한 이유가 있어?"

"그런 것까지 다 말해야 하나?"

"미안. 내가 선을 넘었나 보네."

두 사람이 동시에 피식, 웃었다. 채원은 우유를 들고 왼쪽에 있는 창문으로 고개를 돌렸다. 여기서도 바오바브나무와 공기, 종이 상자로 만든 숨숨집이 보였다.

"공기 때문에."

"고양이 공기?"

채원은 고개를 끄덕였다.

"공기를 보면 커피우유가 생각나."

"나도 그 커피우유 좋아해."

"긴가민가했는데."

"뭐가?"

"지난번에 여기 네 앞에 있는 거 봤어. 그래서 긴가민가했는데 좋아하는 거였구나."

우주는 희미하게 웃었다. 그때 머리카락이 희끗한 할아버지 손님이 들어왔다. 우주는 할아버지에게 안녕하세요,라고 인사를 하며 다가가 냉동실에서 팥빙수를 꺼내 전해 주었다.

"사장님이 삼백 원만 받으라고 했어요."

"매번 고마워."

할아버지는 주머니에서 동전을 꺼내 우주에게 건네고는 팥빙수를 들고 밖으로 나가 나무 아래 의자에 앉았다. 채원은 창밖으로 고개를 돌렸다. 그곳에 폐지가 쌓인 할아버지의 손수레가 있었다. 편의점 사장님의 마음이 담긴 시원한 팥빙수가 할아버지의 고단함을 달래 주는 것 같았다. 할아버지의 소소하고 여유로운 미소가 채원의 마음을 누그러뜨려 주었다. 이 편의점은 공기를 비롯한 고된 존재들이 쉬어 갈 수 있는 휴게실 같았다.

채원은 다시 계산대 쪽으로 고개를 돌렸다. 우주 옆에 놓여 있는 책 한 권이 눈에 들어왔다. 책등에는 '캐나다 여행 안내서'라고 쓰여 있었다. 제목을 읽자마자 가슴이 두근거렸다.

창밖을 보던 우주가 고개를 돌렸다. 채원이 우주를 뚫어져라 보고 있었다.

"왜 그렇게 봐?"

"궁금한 게 있는데."

"뭔데?"

"저 책 네가 읽는 거니?"

우주는 책을 들고 표지를 채원을 향해 보였다.

"응."

"캐나다에 가고 싶어서 읽는 거야?"

"응. 캐나다에 있는 옐로나이프에 가면 오로라를 볼 수 있다고 해서."

"오로라?"

'공기, 커피우유, 오로라.'

채원은 묘한 기분에 휩싸였다. 우주는 눈썹을 가운데로 모으고 왜 그러느냐고 물었다.

"아냐. 아무것도."

채원은 커피우유를 들고 안쪽으로 들어가 의자에 앉았다. 그사이 우주는 비어 있는 매대에 컵라면을 채워 나갔다. 우주는 마치 무중력 공간을 걷는 것처럼 천천히 움직였고 채원은 우주의 느린 움직임을 주시했다. 둘의 눈이 마주쳤다. 채원은 우주의 눈길을 피해 커피우유를 한 모금 마신 뒤 창밖으로 시선을 돌렸다. 손수레와 할아버지는 사라졌고, 숨숨집에서 공기가 곤히 자고 있었다. 채원은 남은 우유를 마저 다 마시고는 의자에서 일어났다.

"가게?"

"응."

채원은 빈 우유갑을 들고 편의점을 나섰다.

2

채원이 지문 인식 패드에 손가락을 대자 현관문이 열렸다. 집
안은 어두컴컴했다. 아무도 없는 빈집. 어둠을 좋아하지는 않았
지만 숨기듯 감싸 주는 느낌이 나쁘지 않았다. 채원은 불을 켜지 않
은 채 거실 소파에 털썩 앉았다. 그러곤 눈을 감고 편의점을 생각
했다.

편의점 풍경이 떠오르며 알바생의 모습이 나타났다. 고양이 공
기와 별말로 612 섬의 풍경도 눈에 그려졌다. 분명 모든 것이 낯
선데도 이상하게 친숙했다.

현관문이 열렸다. 수옥이 현관에서 구두를 벗고 들어왔다. 또
각, 스위치 소리와 함께 집 안이 환해졌다.

"왜 불도 안 켜고 있니?"

채원을 바라보는 수옥의 눈빛은 무뚝뚝했다.

"귀찮아서요."

채원은 자세를 고쳐 앉았다.

"별게 다 귀찮은가 보구나. 참, 학원 선생님한테 연락받았어. 온라인 수업을 신청했다고?"

채원은 올 것이 오고야 말았다고 생각했다.

"네."

"말도 없이, 갑자기?"

"혼자 집중하면서 공부하고 싶어서요."

"그래도 공부는 선생님과 대면으로 하는 게 좋을 것 같은데."

"하다가 아니다 싶으면 다시 옮길게요."

"……."

수옥은 말이 없었고 표정은 여전히 굳어 있었다. 화가 묻은 단단함은 아니었다. 그보다는 걱정, 우려의 감정에 가까웠다. 채원은 할머니가 무슨 생각을 하는지 알 것 같았다. 이전 학교에서 일어났던 일을 복기하고 있을 것이다. 채원은 할머니를 안심시키고 싶었다. 할머니를 위해서, 또 자신을 위해서.

"진짜 공부에만 집중하고 싶어서 그래요."

채원은 애써 미소를 지었다.

"알았어. 그나저나 밥은 먹었니?"

"아뇨, 배고파요. 할머니는요?"

"난 생각이 없네. 얼른 차려 줄게."

"그냥 컵라면 먹을게요. 신경 쓰지 마세요."

채원은 일어나 부엌으로 들어갔다. 전기 포트에 물을 붓고 전원 버튼을 눌렀다. 컵라면 뚜껑을 뜯어 수프를 부었다. 등 뒤로 할머니의 걱정 어린 시선이 느껴졌다. 채원은 일부러 뒤를 돌아보지 않았다.

문이 닫히는 소리가 들리고 나서야 채원은 깊은숨을 내쉬었다. 뿌연 김이 포트 입구에서 뿜어져 나왔다 채원은 물을 부은 컵라면과 젓가락을 들고 방으로 들어왔다. 책상 위에 컵라면을 올려놓고 의자에 앉았다. 책상 서랍을 열었다. 지난번에 받았던 현조의 명함이 눈에 들어왔다. 라이프비욘드에서 마주친 현조의 모습이 떠올랐다. 현조는 윤슬을 만나기 위해서 온 것일 터였다. 윤슬은 어떤 모습으로 지내고 있을까. 채원도 오래전부터 윤슬이 궁금했다. 하지만 윤슬을 만날 자신은 없었다. 그곳에 있는 윤슬은 진짜가 아니라고, 가상으로 만든 가짜일 뿐이라고 믿고 싶었다.

채원은 손톱을 물어뜯으며 컵라면을 내려다보았다. 진열대에 컵라면을 놓던 알바생이 떠올랐다. 그가 읽고 있던 캐나다 여행 책도. 채원은 오래전 윤슬이 공유해 주었던 오로라 영상을 기억하고는 영상을 찾아보았다. 언젠가 동영상을 보며 나누었던 대화가 기억났다. 너울거리는 빛 사이로 들려오던 윤슬의 목소리.

"왜 오로라가 보고 싶은데?"

"내 이름 윤슬이 물결에 반짝이는 빛이라는 뜻이잖아. 이 빛이 하늘에 펼쳐진다면 오로라가 되지 않을까. 오로라는 기약이 없는 빛이래. 기약 없는 기다림만큼 슬픈 게 또 있을까. 만약 그 빛을 만날 수 있다면 그만큼 귀한 시간일 거야."

채원은 유튜브로 들어가 오로라를 검색했다. 캐나다 옐로나이프와 알래스카, 그린란드, 아이슬란드, 노르웨이, 스웨덴……. 모두 오로라를 볼 수 있는 곳이다. 그래도 역시 옐로나이프가 눈에 들어왔다. 윤슬과 함께 가자고 약속한 장소였다. 옐로나이프 영상 아래 VR로 볼 수 있는 오로라 영상이 있었다.

채원은 '오로라 VR'을 검색했다. 오로라를 볼 수 있는 가상 현실 체험 장소가 여러 곳 나왔다. 집에서 가장 가까운 곳의 위치를 확인했다. 지하철로 두 정거장. 멀지 않은 곳에서 오로라를 만날 수 있었다. 채원은 사이트에 들어가 구체적인 내용을 확인했다. 현재 진행 중인 오로라 체험은 일 년 전 옐로나이프에 펼쳐졌던 오로라라고 쓰여 있었다.

3

우주는 노트북을 열었다. 인터넷이 연결되자마자 새로운 메일이 도착했다는 알림이 떴다. 곧장 메일함을 클릭했다.

우주에게.

아들, 잘 지내고 있어? 이 주째 소식이 없구나. 무소식이 희소식이라고 하니까 잘 지내고 있겠지? 게스트 하우스에서 일하는 건 힘들지 않고? 직접 소식을 들을 수 있다면 더 좋을 텐데.

한국에는 언제쯤 돌아올 예정이니? 타지에서 지내는 게 고되지 않아? 여행 비자 기간도 얼마 남지 않았을 텐데. 메일 보면 답장을 주렴. 아들, 사랑한다.

아빠가.

사랑한다는 말을 곱씹자 단어가 부서져 입 안에서 버석거렸다. 우주라는 이름처럼 막막하고 광활한 공간에 홀로 있는 듯했다.

아버지는 우주를 기다리고 있다. 하지만 우주는 아직 돌아갈 준비가 되지 않았다.

우주는 답장을 적었다. 잘 지내고 있다고, 조만간 한국으로 가게 되면 연락하겠다고 썼다. 노트북에 저장되어 있는, 여행지에서 찍은 사진 한 장을 가져와 마치 지금 그곳에 있기라도 한 것처럼 메일에 첨부한 뒤 '보내기'를 누르고 노트북을 덮었다. 창밖 도로를 지나는 차들을 바라보며 우주는 비활성화시킨 자신의 SNS 계정을 떠올렸다.

우주는 냉장고 앞으로 다가가 유통 기한이 지난 삼각김밥을 바구니에 담았다. 빈자리에 새 상품을 채우고 돌아서려는데, 커피우유가 눈에 들어왔다. 우주는 커피우유를 집으며 채원을 생각했다. 어디선가 본 적이 있는 듯 낯설지 않은 얼굴을.

우주는 시간을 확인했다. 공기에게 물을 줘야 했다. 우주는 시원한 생수와 커피우유, 삼각김밥과 캐나다 여행책을 들고는 문쪽으로 향했다.

밖으로 나오자 순식간에 온도가 달라졌다. 편의점에는 어둠이 없고 온도가 언제나 일정했다. 우주에게 편의점은 마치 시간이 다르게 흐르는 장소처럼 느껴졌다. 신선해서 어떠한 감정도 오염되지 않는, 언제나 현재인 공간.

우주는 공기의 물을 갈아 주고는 고양이를 찾기 위해 나무 그늘 아래를 살폈다. 공기는 어디에도 없었다. 나무 위에 있나 싶어 나뭇가지 틈을 샅샅이 들여다보았지만 그곳도 마찬가지였다. 있는 듯 없는 듯 존재하는 공기. 우주는 깊은숨을 들이마시며 의자에 앉았다. 이곳에서 공기를 기다리기로 했다.

우주는 다리 위에 책을 올리고 삼각김밥을 베어 먹었다. 바삭한 김이 부서지며 고소한 참치마요네즈 맛이 입 안에 번졌다. 찰기가 없는 밥알에 목이 메어 커피우유를 한 모금 마시고는 책장을 넘겼다. 우주가 펼친 장소는 캐나다, 옐로나이프였다. 옐로나이프는 북위 62도에 위치한 곳으로, 나사(NASA)가 선정한 세계 최고의 오로라 관측지였다.

우주는 책을 덮고 먼 곳으로 시선을 옮겼다. 시선 끝에 익숙한 발걸음으로 다가오는 사람이 있었다. 우주는 그 사람을 뚫어져라 보았다. 현조 누나였다. 현조는 서서히 우주에게 가까워졌다.

우주를 알아본 현조가 반가운 마음에 손을 흔들었다. 현조 눈에 들어온 우주는 큰 흰색 티셔츠와 청바지를 입고 흰색 단화를 신은 차림이었다. 현조는 긴 호흡을 내쉬며 우주에게 다가갔다.

"우주야."

"누나."

현조는 우주의 얼굴을 찬찬히 살폈다. 큰 갈색 동공과 진한 눈썹, 도톰한 턱이 여전했다. 현조는 마음속에 품고 있던 무언가가

가라앉는 기분이 들었다.

"밥은 잘 챙겨 먹고 있는 거니?"

"그럼요."

"편의점 음식만 먹는 거 같은데."

현조가 의자 위에 놓인 삼각김밥을 보며 말했다. 현조는 물고기 그림이 그려진 종이 봉투를 우주에게 내밀었다.

"그럴 줄 알고 사 왔어. 초밥이야."

"고마워요."

우주는 종이 봉투를 받았다. 현조는 고개를 들었다. 밤인데도 매미 소리가 요란했다. 주변을 둘러보니 둥치가 큰 나무와 종이 박스, 그 앞에 놓인 고양이 사료와 물이 보였다.

"밤인데 밖에 있는 걸 보니, 좀 괜찮은가 보다."

우주는 천천히 고개를 끄덕였다.

"덥지는 않아?"

현조는 손부채질을 하며 말했다.

"자연 바람을 쐬고 싶어서요. 요즘엔 밤에도 많이 덥네요. 점점 습도가 높아지는 것 같아요."

"맞아. 여름이 길어지고 가을이 짧아지고 있어."

현조와 우주는 서로의 얼굴을 보며 미소를 지었다.

"안으로 들어가요, 누나."

우주는 얼음 컵과 액상 아메리카노를 집은 뒤 계산을 하고 직접 얼음 컵에 커피를 옮겨 담아 현조에게 건네주었다. 현조는 물방울이 맺힌 차가운 플라스틱 컵을 양손으로 감싸 쥐고는 편의점 바깥으로 눈길을 돌렸다. 도로 위에는 헤드라이트를 켠 차들이, 인도 위로는 사람들이 지나고 있었다.

우주와 현조는 편의점 안쪽으로 들어와 테이블을 가운데 두고 마주 앉았다.

"이 자리 명당이다. 밖이 다 보이네."

"맞아요."

현조는 창밖을 향해 고개를 기웃거렸다. 어느새 나타난 공기가 나무 그늘 아래에 있는 물을 마시고 있었다. 현조는 고양이를 말없이 바라보다가 커피를 한 모금 마시며 언젠가 윤슬이 길에서 구조한 아기 고양이를 키우고 싶다고 말한 걸 기억했다. 현조의 반대로 결국 고양이는 채원이 입양하기로 했었다. 하지만 고양이는 얼마 살지 못하고 고양이 별로 갔다. 이 이야기는 가상 현실에 있는 윤슬을 통해 알게 된 것이다.

"갑자기 연락 와서 놀랐어. 반갑기도 하고. 어떻게 여기서 또 일을 하게 된 거야?"

"한국 오기 전에 사장님한테 연락했는데 다행히 가능하다고 해서요."

현조도 이 편의점을 알고 있었다. 근방에서 찾아보기 어려운 유인 편의점이었다.

"누나는 언제 서울에 온 거예요?"

"한 달 좀 안 됐어."

"계속 천안에서 지냈던 거예요?"

"응. 서울에서는 윤슬이 생각이 나서. 천안은 사 년 동안 있던 동네라 그런가 그나마 편했어. 알바를 하다가 작은 회사에서 인턴으로 일하게 됐고. 계약 끝나고 서울에 와서 하루만 있으려 했는데, 하루가 이틀이 되고 이틀이 일주일이 되더라고. 좀 더 있어 보자 결심했지. 일주일 전부터 카페에서 알바도 시작했고."

우주는 고개를 끄덕였다.

"아버지한테는 연락했니?"

"아뇨."

"한국 온 거 나만 알고 있는 거야?"

우주는 네,라고 답한 뒤 현조의 표정을 살폈다. 염려의 감정이 섞인 얼굴이었다.

"누나, 신경 쓰지 마세요. 제가 알아서 할게요."

현조는 애써 웃음을 지었다. 우주가 안심할 수 있도록.

"아버지한테서 메일이 와서 바르셀로나에 있는 것처럼 답장했어요."

"아직 마음 정리가 안 된 거니?"

우주는 고개를 끄덕였다.

"예전 생각난다. 널 찾아갔던 날. 그리고 네가 나에게 준 음료수도."

현조는 우주가 준 커피를 내려다보며 말했다.

"도통 연락이 없어서 학교생활 잘하고 있는 줄 알았는데, 자퇴하고 바르셀로나에 간다고 해서 정말 놀랐었지."

현조의 말에 우주는 흐릿하게 웃었다.

"사실 나도 그때 여러 가지 일이 있었어."

"어떤 일요?"

"지금 말해 뭐 하니. 다 지난 일인데. 돌이켜 보면 철이 없었어. 나이만 먹을 뿐이었지."

현조는 시선을 올려 우주와 눈을 마주쳤다.

"조금 전에 보니까, 여행책 읽고 있던데……."

"여행…… 생각 중이에요."

"……."

현조는 커피를 마시고는 우주 얼굴을 빤히 보았다.

"우리 윤슬이 꿈이 뭐였는지 아니? 여행가였어. 윤슬이는 어딘가로 떠나고 싶어 했어."

우주는 고개를 들었다.

"어디……요?"

"여러 곳이야. 네가 갔다 온 스페인 바르셀로나도 있었어. 라이프비욘드에 있는 윤슬이를 통해 알게 됐지."

현조는 후회가 섞인 씁쓸한 표정을 지었다. 한참 동안 말없이 시간이 흘렀고 현조는 틈틈이 커피를 마셨다. 얼음밖에 남지 않았을 때 현조가 입을 열었다.

"그만 갈게."

"벌써요?"

"어떻게 지내는지 궁금해서 잠깐 들른 거야. 다음에 또 올게."

"그래요, 누나."

우주와 현조는 동시에 자리에서 일어났다. 현조는 우주의 어깨를 쓰다듬고는 편의점 바깥으로 나갔다. 우주는 현조가 사라진 뒤에야 주문대 옆에 둔 캐나다 여행책으로 다시 눈길을 돌렸다.

4

채원과 온라인 수업을 수강하는 아이들은 모두 네 명이었다. 함께 수업을 듣는 아이들 모두 다른 학교를 다니고 있어 서로를 알지 못했다. 사십오 분 동안의 수업이 끝나면 십 분간 쉬는 시간이 주어졌는데, 채원은 화면을 끄고 화장실에 다녀오거나 잠시 밖으로 나와 바람을 쐬곤 했다.

하루 종일 누구와도 대화를 나누지 않았고, 무료한 시간에 익숙해져 갔다. 그나마 방학이라 견딜 만했다. 9월이 되고 2학기가 시작되면 학교에 가야 한다. 언제까지 이렇게 피할 수만은 없다는 걸 알고 있다. 현실을 직시하고 문제를 해결하려고 노력해야 한다는 것도. 머리로는 하루에도 몇 번씩 생각하는데, 마음과 몸은 생각보다 늘 뒤처졌다.

채원은 베란다 창문을 열었다. 덥고 습한 공기가 얼굴을 뒤덮었다. 이팝나무에서 울려 퍼지는 매미 울음소리가 베란다에 가득 찼다. 매미들의 행성에 혼자 남아 있는 인간 같았다. 채원은 교감할 수 있는 존재가 그리웠다. 별말로 612 섬의 어여쁜 존재, 고양이 공기를 보지 못한 지 사흘째였다. 공기가 보고 싶었다.

채원은 수업이 끝나자마자 가방 속에 있는 고양이 간식을 확인하고는 밖으로 나왔다. 바깥은 뜨거웠고 길가를 지나는 사람이 드물었다. 꼭 해야만 하는 일이 있는 사람만 밖으로 나올 수 있는 날씨였다. 채원은 오늘도 나무 그늘을 따라 걸었다.

어느새 별말로 612에 가까워졌다. 사막에서 오아시스를 발견한 듯한 반가움에 걸음이 빨라졌다. 편의점 뒤쪽으로 가서 주위를 둘러보았다. 한 줄기 바람이 불어와 더위를 식혀 주었다. 공기는 보이지 않았다. 채원은 등받이 없는 의자를 들고 그늘의 끝자락으로 물러서 앉았다. 이곳에서 공기를 기다릴 참이었다.

공기는 한참이 지나서야 슬금슬금 나타났다. 채원은 등을 곧게 세우고는 움직이지 않았다. 공기는 나무 뒤로 돌아가 그늘에 앉았다.

"거기서 뭐 해?"

익숙한 목소리에 고개를 돌리자 우주가 햇살에 눈을 찡그린 채 서 있었다. 손에는 고양이 캔 사료가 있었다.

"지나는 길에⋯⋯."

채원은 말끝을 흐리며 우주 손에 있는 캔 사료를 손으로 가리켰다.

"공기 밥 주려고?"

"응."

우주는 공기에게 다가가 캔 고리에 손가락을 집어넣고 힘을 주었다. 우드득, 캔 뚜껑이 열리자 나무 뒤에 있던 공기가 얼굴을 내밀었다. 우주는 캔 사료를 접시에 옮겨 담아 상자 옆에 두고는 뒤로 물러섰다. 채원도 의자에서 일어나 그만큼 뒷걸음쳤다. 그사이 공기가 다가와 습식 사료를 먹었다.

식사를 마친 공기는 우주를 보며 야옹거렸다. 호랑이줄무늬에 어울리지 않는 가느다란 목소리. 그 점이 공기의 반전 매력이었다. 반쯤 감긴 졸린 듯한 눈빛으로 우주를 응시하는 공기. 그 눈빛을 웃음으로 받아 주는 우주. 둘이 교감하는 모습을 보느라 채원은 공기 간식을 가져왔다는 걸 잊고 말았다.

공기는 나무 그늘 아래 철퍼덕 앉았다. 더워서인지 상자 속으로 들어가지 않았다. 마침 바람이 불었고 바오바브나무의 수많은 잎이 소리를 내며 흔들렸다. 나무에 앉아 있던 새들이 바람에 놀라 푸드덕 날아올랐다. 새들의 움직임에 공기가 몸을 일으켰다.

"공기가 여길 좋아해. 이 자리에 앉아서 나무 위를 보는 걸 즐기더라고. 새가 날아들면 나무를 타고 오르기도 하고."

"우리 공기도 그랬어. 캣 타워에 올라가서 창밖 보는 걸 좋아했어. 날갯짓하는 새를 보면 흥분해서 울기도 했지."

채원은 공기와 함께했던 지난날을 기억에서 건져 올렸다. 그 기억엔 윤슬이 있었다. 순간적으로 고개를 가로저었다. 윤슬을 떨쳐 내기 위해서.

"만약⋯⋯."

채원은 우주의 눈을 보며 말을 이어 나갔다.

"우리 공기를 가상 현실에 두었다면 어땠을까."

"그곳에 있는 고양이가 진짜 공기일까? 그 공간의 공기는 네 기억으로 만들어진 존재일 수도 있잖아. 네가 생각하고 네가 바라는 공기의 모습."

우주는 공기에게 다가갔고 채원의 시선은 우주를 따라갔다. 공기는 우주를 기다리듯 제자리에 머물렀다. 우주가 공기의 머리를 쓰다듬자 공기도 우주의 손을 핥아 주었다. 우주의 눈빛은 부드러웠고 입가에는 미소가 담겼다. 채원도 고양이가 핥아 주는 느낌을 알고 있었다. 따뜻하고 까슬까슬하면서 촉촉한 감촉. 우주의 손에서 멀어진 공기는 숨숨집 안으로 들어가 털을 정리했다. 우주는 흐뭇한 얼굴로 공기를 지켜보았고 채원은 따사로운 우주의 눈빛을 응시했다. 우주가 채원 쪽으로 고개를 돌렸다.

"만질 수 있고 체온을 나눌 수 있어야 진짜지."

"⋯⋯."

채원은 우주의 눈을 피해 길가로 눈을 돌렸다.

'만질 수 있고 체온을 나눌 수 있어야 진짜다. 가상 현실에 있는 윤슬은 진짜가 아니다.' 채원은 그 생각으로 윤슬을 다시 한번 밀어냈다.

"너도 기록을 남기고 있어?"

우주가 채원에게 물었다.

"응, 넌?"

"난 아냐. 부모님이 하라고 하신 거니?"

"아니, 할머니. 우리 할머니가 그 회사 설계사야."

우주는 아무렇지 않은 듯 고개를 끄덕였다.

"넌 기록하고 싶지 않아?"

"별로. 아버지는 권했지만 내가 싫다고 했어."

"……."

어색한 침묵이 흘렀다.

"넌 편의점에서 생활하는 거야?"

채원이 화제를 돌렸다. 우주는 그렇다고 말했다. 이미 채원이 눈치챈 걸 알고 있었으니까.

"스물네 시간 쉬지 않고 일하는 건 아니지?"

"당연하지. 우리 사장님은 악덕 업주가 아니야. 주로 오전에 자고 저녁과 밤에 잠시 쉴 수 있어. 사장님이 그때 오시거든."

"집에는?"

우주는 아무 말 없이 얕은 한숨을 내쉬고 입을 다문 채 건조한 눈빛으로 채원을 보았다. 채원은 우주의 심드렁한 눈빛에 사정이 있을 것이라 생각했다.

'저 애에게도 말할 수 없는 상처가 있는 걸까.'

또다시 어색한 분위기가 감돌았다. 편의점 입구 쪽에서 풍경 소리가 들려왔다. 우주는 손님이다,라고 말하며 편의점 안으로 뛰어 들어갔다. 채원도 우주 뒤를 따랐다.

우주가 손님이 구매한 물건을 계산하는 동안 채원은 커피우유를 골랐다. 손님이 나가고 채원은 커피우유를 우주 앞에 놓았다. 우주는 커피우유를 내려다보았다.

"계산 안 해?"

그제야 우주가 바코드를 찍었다. 채원은 커피우유를 들고 늘 앉던 의자에 자리를 잡았다. 그러곤 입구를 열어 우유를 마셨다.

채원은 가방에서 맹키에 군도에 관한 책을 꺼내 펼친 뒤 읽어 나갔다. 우주는 대걸레로 바닥을 닦기 시작했다. 바깥쪽부터 시작해서 안쪽으로 들어오면서. 채원과의 거리가 점점 좁혀졌다. 우주는 채원이 읽고 있는 책을 흘깃거렸다. 우주의 시선을 느낀 채원이 고개를 들었다.

"무슨 책이야?"

우주의 물음에 채원은 책을 덮은 뒤, 표지를 보여 주었다. 우주는 바닥을 닦던 손을 멈추고 표지에 집중했다. 채원이 책장을 펼쳤다.

"언젠가는 여기에 가 보고 싶어."

채원은 손가락으로 책 속 일러스트를 가리키고는 맹키에 군도에 관한 이야기를 풀어놓았다. 많은 사람에게 알려지지 않은 곳이라는 말을 덧붙이면서.

"거긴 왜 가고 싶은데?"

"글쎄……."

우주의 질문에 채원이 머뭇거렸다.

채원은 물에 잠긴 섬처럼 자신을 감추고 살아왔다. 때론 감춰지는 편이 나을 때도 있었다. 완전히 드러난 땅은 더럽거나 추할지도 모르니. 엄마에게 버려진 아이, 친구를 죽음으로 몬 아이. 이 모든 게 물속에 잠겨 버리길 바란 적이 있었다.

우주가 다시 걸레질을 하며 채원에게서 멀어졌다. 채원은 우주의 뒷모습을 보면서 캐나다의 옐로나이프와 오로라를 떠올렸다.

"너 오로라 보고 싶다고 했지."

채원의 목소리에 우주가 몸을 돌렸다.

"응."

"오늘…… 오로라 보러 가지 않을래?"

"오로라를 보러 가자고?"

우주는 당황스러운 듯 물었다.

"캐나다에 가지 않아도 오로라를 볼 수 있어."

"그게 무슨 소리야?"

우주의 질문에 채원은 VR로,라고 답했다.

"VR?"

"응. 캐나다에 가서 진짜 오로라를 볼 수 있으면 좋겠지만 지금 당장은 불가능하니까, 가상 현실로 보면 어떨까 싶어서."

"그런데, 너도 오로라 보고 싶었어?"

채원은 아차 싶었다. 이런 질문을 받게 될 줄은 예상을 못 했다.

"네가 보고 싶어 해서."

겨우 대답할 말을 찾아 건넸다.

"날 위해 찾은 거야?"

"널 위한 마음도 있고, 나도 궁금하기도 하고."

'널 위한 마음'이라는 말이 우주의 귓가에 맴돌았다.

"가기 싫으면 안 가도 돼. 억지로……."

"아니. 가기 싫은 거 아냐."

"그럼?"

"생각을 좀 해 볼게."

"그래. 생각해 보고 얘기해 줘."

채원은 테이블 앞으로 다가섰다. 가방 속에 책을 집어넣는데 공기 간식이 보였다. 채원은 간식을 꺼내 우주 앞으로 내밀었다.

"아 참, 이거 공기 줘."

"응."

우주는 자신과 공기를 생각하는 채원의 마음이 고마웠다. 그리고…… 오로라가 보고 싶었다. 채원은 가방을 메고 남은 우유를 마저 마셨다. 채원이 문 앞에 이르렀을 때, '저기'라고 부르는 우주의 목소리가 들려왔다. 채원은 몸을 돌렸다.

"보고 싶어, 오로라. 보러 가자."

우주가 낮은 목소리로 말했다.

"정말?"

"응."

"시간은 언제가 좋아?"

"저녁 7시에서 10시 사이."

"그래, 좋아."

채원은 VR 오로라를 볼 수 있는 곳을 찾아 우주에게 설명해 주었다.

"여기야. 지하철 타고 두 정거장만 가면 돼. 8시 걸로 보면 어떨까?"

"그래."

"그런데 우리 이름 정도는 서로 알고 있어야 하지 않을까?"

"그러네. 내 이름은 우주야. 최우주. 넌?"

"난 채원. 장채원. 그럼 7시 30분에 거기서 만나."

"그래."

채원은 몸을 돌려 문 쪽으로 걸어 나갔다. 잠시 뒤 맑은 풍경 소리가 사방으로 퍼져 나갔다.

5

가상 현실 체험관 앞은 저녁인데도 사람들로 북적였다. 방학을 이용해 체험을 하러 온 부모와 아이들 때문이었다. 간간이 대학생처럼 보이는 사람과 젊은 직장인도 눈에 들어왔다.

채원은 중앙 회전문 앞에서 우주를 기다렸다. 밖은 점차 어두워지기 시작했고 거리는 빛과 사람들로 소란스러웠다. 곳곳에 흩어져 있는 사람들 틈에서 우주를 찾는 채원의 눈길이 빠르게 움직였다.

어느새 우주가 모습을 보였다. 하얀색 티셔츠와 청바지를 입고 있었다. 편의점에서의 모습 그대로였다. 빠르게 지나가는 사람들 속에서 우주는 자신의 속도를 지키며 회전문을 통과해 체험관 안으로 들어왔다.

"여기!"

채원이 손을 흔들었다. 우주는 채원을 찾아내고는 곁으로 다가섰다. 가까이서 보니 우주의 머리가 땀으로 젖어 있었다.

"왜 이렇게 땀을 흘려?"

"늦을까 봐, 좀 뛰었어."

"뛰다니? 지하철 안 탔어?"

"두 정거장이라서."

채원은 가방에서 물티슈를 꺼내 우주에게 전해 주었다.

"고마워."

우주가 땀을 닦아 냈다.

"저쪽으로 가면 돼."

"응."

우주는 채원의 뒤를 따랐다.

직원은 채원과 우주의 이름을 확인한 뒤 고개를 들었다.

"7번 대기실로 가시면 됩니다."

두 사람은 동시에 알겠다고 답했다.

7번 대기실 안에는 채원과 우주를 포함해 모두 열 명이 모여 있었다. 채원은 대기실에 있는 이들을 둘러보았다. 가족, 친구과 함께 온 사람들이 대부분이었다. 채원은 유리창에 비친 우주의 얼굴을 보았다. 기대나 설렘이 느껴지지 않는, 감정을 알 수 없는 표정을 짓고 있었다.

직원이 대기실 안으로 들어와 사람들을 둘러보았다.

"다들 저를 따라오세요."

사람들이 우르르 대기실 밖으로 나왔다. 우주와 채원은 거리를 두고 나란히 걸었다. 채원은 의식적으로 우주의 속도에 맞춰 걸었다. 직원은 VR 2번 방의 문을 열었고 모두 그 안으로 들어갔다. 직원이 준비된 VR 기기를 사람들에게 나누어 주며 착용법을 알려 주었다.

"VR 해 본 적 있어?"

채원이 VR 기기를 받아 들고 물었다. 우주는 없다고 답하면서 기기를 착용했다.

"이제 여러분은 캐나다, 옐로나이프에 도착할 겁니다."

직원의 말이 끝나는 동시에 눈앞에 설원이 펼쳐졌다. 차가운 바람이 옷 틈으로 파고들었다. 바람 소리가 들리고 알싸한 나무 냄새가 짙게 풍겼다. 진짜 숲속에 들어와 있는 듯했다. 우주와 채원은 고개를 들었다. 사위를 둘러싼 가문비나무가 하늘을 찌를 듯 높게 자라 있었다.

"하늘 좀 봐."

채원이 손가락으로 하늘을 가리켰다. 우주는 채원의 손끝을 따라 시선을 올렸다. 나뭇가지 끝에 반짝이는 별들이 촘촘히 붙어 있었다. 정말 캐나다의 어느 숲속에 들어온 것 같았다. 순식간에 공간을 이동한 기분에 사로잡혔다.

"별이 쏟아질 것 같아."

채원의 말에 우주는 고개를 끄덕였다.

곳곳에 텐트가 세워져 있었고, 사람들은 비어 있는 텐트로 들어가 자리를 잡았다.

우주와 채원이 서로를 바라보았다.

"우리도 들어가 볼까?"

채원이 우주에게 물었다.

"좋아."

둘은 텐트 안으로 들어간 뒤 하늘을 쳐다보았다. 창공에 드리운 반짝이는 별을 보며 오로라를 기다렸다. 오로라는 좀처럼 모습을 드러내지 않았다. 기다리는 마음에 초조해진 우주는 심장이 두근거려 가슴을 움켜쥐었다.

"왜 그래?"

채원이 물었다.

"아니야, 아무것도."

우주는 애써 웃음을 지었다. 그 순간 하늘에 오로라가 펼쳐지기 시작했다. 형광빛이 도는 초록색과 보라색이 오묘하게 섞인 빛의 장막이 바람결을 따라 움직이는 천처럼 너울거렸다. 채원과 우주는 하늘에 펼쳐진 빛의 장막을, 넘실거리는 빛의 향연을 말없이 바라보았다. 긴장되어 조여 오던 우주의 마음도 느슨해지면서 편안해졌다.

"이상해."

우주가 말했다.

"뭐가?"

"시간을 훌쩍 뛰어넘은 것 같아."

"일 년 전 옐로나이프에서 펼쳐진 장면이랬어."

"일 년 전?"

"시간 여행 같지?"

"응."

시간 여행. 채원은 윤슬과 나누던 이야기를 떠올렸다.

"내 이름 윤슬이 물결에 반짝이는 빛이라는 뜻이잖아. 이 빛이 하늘에 펼쳐진다면 오로라가 되지 않을까. 오로라는 기약이 없는 빛이래. 기약 없는 기다림만큼 슬픈 게 또 있을까. 만약 그 빛을 만날 수 있다면 그만큼 귀한 시간일 거야."

"그럴지도."

"오로라가 정말이지 보고 싶어. 옐로나이프에서 오로라를 가장 잘 볼 수 있대."

"그래? 그럼 거기도 우리 공동 계정에 올리자."

"좋아. 우리, 꼭 오로라 보러 가자."

황홀감이 절정에 이른 순간, 빛은 서서히 사라졌다.

"너무 짧다."

채원의 목소리에 아쉬움이 가득했다. 우주가 채원을 바라보며 말했다.

"어째서 아름다운 것들은 금세 사라지는 걸까."

채원은 우주를 돌아보았다.

"너에게 아름다운 건 뭔데?"

"고양이 공기, 저녁이 되면 편의점 뒤 나무에 걸치는 노을, 풍경 소리, 바람, 그리고……."

"다 잡히지 않는 것들이네. 잡을 수 없는 것……."

"잡을 수는 없지만 기다리면 오는 것들이야. 기다리는 시간의 차이만 있을 뿐이지. 공기는 네 시간 정도 기다리면 다시 만날 수 있어. 노을은 스물네 시간, 바람은 짧게는 일 분만 기다려도 되지. 풍경 소리는 손님이 오면 들을 수 있고. 하지만…… 끝이 없는 기다림도 있어."

"오로라…… 오로라는 기약이 없는 빛이래. 어떤 사람에게는 평생을 기다려도 볼 수 없는."

윤슬이 또다시 채원에게 스며들었다.

"평생을 기다려도 볼 수 없는……."

우주가 채원의 말을 반복했다.

"이제 착용한 기기를 벗으셔도 됩니다."

직원의 목소리가 들려왔다. 벌써 돌아갈 시간이었다. 채원과 우

주, 다른 사람들이 텐트에서 나와 VR 기기를 벗었다. 눈앞에 펼쳐
졌던 광경이 사라졌다.

채원과 우주는 건물 밖으로 나왔다. 여름밤은 높은 습도와 온도
로 후텁지근했다. 우주와 채원은 동시에 하늘을 쳐다보았다. 도시
의 휘황찬란한 네온사인 탓에 별빛은 보이지 않았다.
　"다시 일 년 뒤로 돌아왔네."
　우주가 웃으며 말했다.
　"맞아, 돌아왔어."
　채원은 일 년 전의 자신을 더듬어 나갔다. 휴학을 했고 아무것도
할 수 없었다. 죄책감과 미안함에서 벗어나려 애를 쓰고 있었다.
그런 면에서 몇몇 아이의 비난은 오히려 채원의 마음을 편하게 했
다. 채원은 궁금했다. 그때 우주는 무얼 하고 있었을까.
　"너는 일 년 전엔 뭘 하고 있었어?"
　"배낭여행 중이었어."
　"배낭여행? 멋지다."
　"그런가?"
　"당연하지. 넌 네 인생을 스스로 선택하는 것 같아."
　"완전한 내 선택이라고 할 수는 없어."
　"왜?"
　"……."

우주는 말이 없었다. 채원도 말하고 싶지 않은 때가 있었다. 우주가 선택한 침묵을 존중해 주고 싶었다. 둘은 말없이 한동안 걸었다. 한참 뒤, 우주가 입을 열었다.

"이런 말 좀 이상할지 모르겠지만……. 너 처음 봤을 때 얼굴이 낯설지 않았어."

"그래?"

"응."

채원이 자리에 멈춰 섰다.

"혹시, 우리 예전에 만난 적이 있던가?"

"글쎄……."

"생각해 보면 몇 가지 우연이 겹치긴 했어. 고양이 이름도, 커피우유도."

"그러네."

우주와 채원은 동시에 서로의 눈을 바라보았다. 눈이 마주치자 어쩐지 어색한 기분이 들었다. 약속한 듯 동시에 반대편으로 고개를 돌렸다.

어느덧 지하철역 입구에 도착했다. 그 앞에서 우주는 잠시 머뭇거렸다. 먼저 계단을 내려가던 채원이 뒤에 서 있는 우주를 돌아보았다.

"왜 안 와?"

"가, 갈 거야."

둘은 지하철 계단을 걸어 내려왔다. 역 안에서 우주와 채원은 아무 말도 나누지 않았다. 잠시 뒤 전동차가 들어왔고 문이 열렸다. 둘은 빈 좌석에 나란히 앉았다. 전동차는 덜컹거렸다. 창밖으로 어둠이 지났다.

우주는 가슴이 두근거렸다. 손과 머리에서 식은땀이 났다. 우주는 팔등으로 이마를 닦았다. 덜컹거리는 소리가 들릴 때마다 흠칫 놀랐다. 붙잡을 것이 필요해 채원의 팔을 잡았다. 채원은 제 팔을 덥석 잡은 우주의 손길에 깜짝 놀라 움직일 수 없었다. 유리창에 비친 우주의 표정을 살폈다. 굳어 있었다. 무슨 이유인지 몰라도 떨고 있었다. 채원은 우주의 손을 잡았다. 우주를 돕고 싶었다.

어느새 두 정거장이 지나고 목적지에 이르렀다. 채원은 우주의 손을 잡은 채로 전동차에서 내려 역사 밖으로 나왔다. 바깥 공기가 닿자 우주는 깊은숨을 여러 번 들이마시고 내쉬었다.

"괜찮아?"

채원의 물음에 우주가 어색한 미소를 지었다. 그제야 둘은 잡고 있던 손을 놓았다.

"아주 오랜만이야. 지하철을 타고 어딘가를 다녀온 거. 편의점 밖으로 멀리 벗어난 것도."

우주는 아무렇지 않은 척 이야기했지만 채원은 우주가 신경 쓰였다. 채원은 분명 우주에게도 말할 수 없는 비밀이 있을 거라고 생각했다. 감추고 피하고 싶은 마음. 채원에게도 익숙한 마음이었다.

　우주와 채원은 편의점이 있는 골목에 들어섰다. 골목 안은 조용했다. 좁은 1차선 도로와 유독 큰 나무들 때문인지 밤의 정취가 아늑했다.

　"여름밤은 이렇구나."

　우주는 사방을 둘러보며 말했다.

　"여름밤을 처음 겪는 사람처럼 말하네."

　"편의점 안에만 있어서 그런가 봐. 밖에 나와 봐야 편의점 나무 그늘 정도니까. 공기 덕분에 그나마 가끔 나오곤 해."

　채원은 차를 마시듯 우주의 말을 음미했다. 우주는 멀리 가지 못하는 아이인가. 그런데 어떻게 배낭여행을 할 수 있었을까. 채원이 우주의 얼굴을 보았다. 궁금함 가득한 눈으로.

　"왜?"

　채원의 눈에서 질문을 읽어 낸 우주가 되물었다.

　"아니야. 공기가, 여러모로 도움이 되었네."

　우주는 고개를 끄덕였다.

　"채원아."

　채원은 자신의 이름을 부르는 우주의 목소리에 귀를 기울였다.

　"왜?"

　"궁금하지 않아?"

"뭐가?"

"지하철에서 내 행동."

"솔직히 말하면, 알고 싶어. 하지만 말할 수 없는 사정이 있겠지. 그런 마음이야."

"그렇게 말해 주니 고맙네."

"아니, 내가 더 고마운걸."

"뭐가?"

"오로라도 같이 봐 주고."

채원은 이런 마음이 오랜만이었다. 오래전 윤슬과 함께 지냈던 때의 마음 같았다.

어느새 편의점 앞에 닿았다. 우주와 채원은 편의점을 바라보았다. 환한 빛이 발하고 있는 편의점을.

"내가 여기 편의점을 뭐라고 부르는지 알아?"

채원의 질문에 우주는 궁금한 듯 양쪽 눈썹에 힘을 주었다.

"바오바브나무와 공기, 빛이 사라지지 않는 편의점, 그곳에서 살고 있는 사람. 그래서 별말로 612 섬이라고 부르고 있어."

"재미있네.『어린 왕자』에 나오는 행성 이름 같아."

"그렇지? 안에서 밖을 보고 있으면 어떤 기분이 들어?"

"움직이는 사진을 보는 기분이야. 무성 영화 같다고 해야 하나. 가까이 있으면서도 먼 세상 같아."

편의점 유리 창문 너머로 분주히 움직이고 있는 사장의 모습이 보였다. 채원은 편의점 사장을 기억하고 있었다. 회색 면 티셔츠에 고동색 면 반바지. 예전 모습과 달라진 게 없었다.

채원과 우주는 편의점 안으로 들어갔다. 사장은 우주 뒤에 서 있는 채원을 발견하고는 미소를 지었다.

"우주 여자 친구니?"

"아니에요."

우주와 채원은 당황한 듯 동시에 고개를 가로저었다.

"내가 오해했네. 미안해요."

사장은 멋쩍은 표정을 짓더니 매대랑 재고 정리는 다 됐다고 말했다.

"감사합니다."

"뭐가 감사해? 내가 편의점 사장인데."

사장은 계산대 앞에서 나왔다.

"난 들어간다."

사장이 급한 듯 편의점을 나섰다. 채원은 사장에게 묻고 싶은 게 있었다. 어째서 유인 편의점을 하고 있는지. 그 질문은 고스란히 우주에게로 향했다.

"물건만 있는 가게보다 사람이 직접 맞이해 주는 가게를 하고 싶으셨대. 기계가 편하긴 하지만 사람의 손길과 안내가 필요한 이들도 있으니까."

"그래서 여기 편의점에는 어르신들이 자주 오는구나."

"아무래도 그렇지."

"난 주로 건너편 무인 편의점을 이용했거든. 사람 마주치는 게 싫어서. 근데 이상하게 저 편의점 앞 의자에 앉아서는 이쪽 편의점을 보게 되는 거야. 생각해 보니 이 편의점을 찾는 사람들 때문이었던 것 같아. 이곳을 거쳐 가는 사람들은 숨 돌릴 공간이 필요한 사람들일지도 몰라. 그 사람들을 보면서 위안을 얻었던 것 같아. 난…… 사람을 가까이하고 싶지 않지만 한편으로는 사람이 그리웠는지도 모르겠어."

"일부러 멀어져서 그리운 것을 찾는 거야?"

"글쎄, 그런가."

"내가 여행을 가는 이유도 그래서일까? 여행지에서는 아무도 날 알지 못하니까. 낯선 장소니까. 현실에서 벗어날 수 있어서? 아니면 낯선 풍경 속에 나를 놓아두고 싶었던 걸까. 어쩌면 떠나는 이유를 알기 위해서 떠나는 건가. 나도 모르겠다."

채원과 우주는 서로의 이야기를 찬찬히 음미했다. 둘은 서로의 마음이 비슷한 모양으로 닿아 있을지도 모른다고 생각했다.

"외국에서 지낼 때 제일 그리운 게 뭐였어?"

"아무래도 매운맛? 김치랑 떡볶이. 또……."

"또?"

"커피우유."

채원은 커피우유라는 단어를 입술로 살짝 물었다. 김치와 떡볶이 뒤에 이어진 커피우유는 어울리지 않는 듯했다.

"배낭여행 또 갈 거니?"

"응. 그래서 돈 벌고 있는 거야. 참, 공기 밥 줘야 하는데."

우주는 서랍을 열어 공기의 사료를 꺼냈다. 두 사람은 물까지 챙겨 밖으로 나와 나무 쪽으로 걸어갔다.

우주는 각각의 그릇에 사료와 물을 담았다.

"공기다."

채원의 목소리에 우주도 시선을 돌렸다. 공기가 이쪽으로 다가오고 있었다. 채원은 공기가 달아날까 봐 뒤로 물러났다. 공기는 우주 다리 사이를 오가며 체취를 묻혔다. 우주는 공기를 향해 손가락을 내밀었다. 공기가 코를 손가락에 대며 인사를 했다.

"너도 해 봐."

채원은 조심스럽게 공기에게 다가가 손가락을 뻗었다. 공기의 코끝이 채원의 손가락에 닿았다. 촉촉하고 말랑했다. 채원은 자신의 냄새가 공기에게 익숙해지길 바랐다. 자신이 공기에게 자연스러운 존재가 되기를.

공기는 사료를 먹기 시작했고 분홍 혀로 물을 홀짝였다. 공기가 나무 아래로 들어가고 나서야 우주와 채원도 등받이 없는 의자에 나란히 앉았다.

"바르셀로나에서는 어디가 좋았어?"

"구엘 공원. 그 부근에서 이 주 정도 머물렀어. 게스트 하우스에서 청소랑 심부름을 하면서 틈틈이 휴식 시간에 구엘 공원에 자주 갔었어. 거기서 나만의 자리를 만들고 정을 붙였어. 장소도 풍경도 다른데, 여기 앉아 공기를 바라보고 있으면 그때의 편안함이 느껴져."

채원은 윤슬과의 공동 계정을 떠올렸다. 낯선 이로부터 받은 편지. 그 사람도 구엘 공원에 대한 이야기를 했다. 채원은 설명하기 어려운 묘한 기분에 휩싸였다.

'고양이 공기, 커피우유, 오로라, 바르셀로나, 구엘 공원.'

모두 윤슬과 관련된 것이었다. 가슴이 두근거렸다. 채원은 우주의 얼굴을 뚫어져라 보았다. 묻고 싶었다. '너, 윤슬이를 알아?' 하지만 입 밖으로 꺼낼 수 없는 말이었다.

채원은 의자에서 일어났다.

"시간이 너무 늦었어. 그만 가야 할 것 같아."

"어, 그래. 나도 편의점에 들어가야겠다."

채원과 우주는 의자에서 일어나 편의점 문 앞에 이르렀다. 채원은 우주에게 잘 있으라며 인사를 건넨 뒤 서둘러 발길을 돌렸다. 앞으로 나아갈수록 윤슬의 얼굴이 선명해졌다. 채원은 멈추지 않았다. 한 번쯤 몸을 돌려 우주에게 손을 흔들 수도 있었지만 일부러 앞만 보고 걸었다.

6

채원은 시간을 확인했다. 7시 30분. 일어난 지 꽤 되었지만 기분이 가라앉아 침대에서 몸을 뒤척였다. 머릿속에 낯선 이의 편지 내용이 떠올랐다. 어젯밤 우주와 헤어지고 집으로 돌아와, 윤슬과의 공동 계정에 온 메시지를 거듭 읽었기 때문이다.

너도 거기서 편안하니?

디엠을 보낸 사람은 @weightless. 과연 누구일까. 누구이기에 이런 편지를 보낸 걸까. 만약 그 사람이 우주라면, 우주와 윤슬이 서로 알고 있었다는 뜻이다. 그렇다면 언제 어떻게 알게 된 사이일까.

'윤슬이가 나를 알기 이전에 만났을까. 그럼 우주도 나에 대해 알고 있을까. 나와의 약속이 어긋나서 윤슬이가 사고를 당한 것을 알까. 그랬다면 내 이름을 말했을 때, 조금은 놀랐어야 했어. 하지만 우주는 아무렇지도 않아 보였어.'

확인하는 방법은 단 하나뿐이었다.

'현조 언니.'

노크 소리가 들려왔다. 채원은 침대에서 일어나 방문을 열었다. 정장 차림의 수옥이 서 있었다.

"아침 먹으렴."

채원과 수옥은 부엌 식탁 앞에 앉았다. 식탁 위에는 토스트와 주스가 놓여 있었다.

"10시에 수업 시작이지?"

"네."

채원과 수옥은 대화 없이 아침을 먹었다. 수옥은 어젯밤 채원이 11시가 가까워서야 들어온 걸 알고 있었다. 어디에서 무얼 했는지 묻고 싶었지만 일부러 잠든 척했다. 온라인 수업으로 변경한 것도 신경 쓰지 않으려 했다. 요즘 채원은 평소와 달랐다. 채원에게 무슨 일이 일어나고 있는 건가. 잘 견디고 있는 줄 알았는데 아닌 건가. 궁금했지만 예전처럼 급하게 다가가고 싶지 않았다. 지금 할 수 있는 건, 채원의 얼굴을 살피면서 마음을 짐작해 보는 일뿐이었다.

"할머니, 왜요?"

"아냐."

할머니가 주스를 마시는 동안 채원은 현조를 생각했다.

"저…… 수업 끝나고 외출 좀 하고 올게요."

"그래? 알겠다. 먼저 출근할 테니 수업 잘 들으렴."

수옥은 의자에서 일어났다. 드르륵, 뒤로 밀리는 의자 소리가 채원을 긴장시켰다. 채원은 수옥이 밖으로 나갈 때까지 꼼짝하지 않았다. 잠시 뒤 현관문이 열렸다 닫히는 묵직한 소리를 듣고 나서야 자리에서 일어난 채원은 빈 접시를 식기세척기 안에 넣고는 방으로 들어왔다.

오전 8시. 수업이 시작하기 두 시간 전이었다. 채원은 잠깐 바람을 쐬고 오기로 했다.

밖으로 나왔지만 복잡한 마음이 풀리지 않았다. 걷다 보니 어느새 무인 편의점 앞이었다. 안으로 들어가 음료 코너로 향했다. 커피우유가 눈에 들어왔지만 오늘은 마시고 싶지 않았다. 채원은 아메리카노를 집었다.

의자에 앉아 쓰디쓴 커피를 마시며 우주가 있는 편의점을 바라보았다. 우주는 보이지 않고 몇몇 사람이 편의점에서 물건을 사 가지고 나왔다.

마침내, 우주가 밖으로 나왔다. 우주는 등을 보인 채 유리창을 닦고 있었다. 채원은 우주의 뒷모습을 뚫어져라 보았다. 그 순간,

지난 기억이 스쳤다. J라는 아이가 있던 병실, 문틈으로 보였던 소년의 뒷모습.

채원은 커피를 벌컥벌컥 마셨다. 구조되자마자 우유가 먹고 싶다고 말했던 J.

"우유, 우유, 우유…… 커피우유."

채원은 의자에서 일어섰다. 그때, 길 건너 나무 아래에 있는 공기가 눈에 들어왔다.

"설마, 설마……."

채원은 머리를 세차게 흔들었다. 어느새 이쪽을 보고 있는 우주와 눈이 마주쳤다. 1차선 도로로 차들이 지나갔다. 우주는 지나는 차에 가려졌다 나타나기를 반복했다. 채원은 몸을 돌려 길을 걸었다. 자신을 지켜보는 우주의 시선이 느껴졌다. 그길로 마냥 달리기 시작했다.

7

라이프비욘드에 출근한 수옥은 자신의 일상과 감정을 남기기 위해 기록실을 찾았다. 직원은 수옥을 알아보고 먼저 인사를 건넸다. 수옥은 직원의 말에 따라 10호실 안으로 들어갔다. 벨벳 소파에 앉아 준비된 차를 마셨다. 곧 시작해도 좋다는 직원의 목소리가 들려왔다.

수옥은 지난 한 달 동안의 일을 복기했다. 고객을 만나고 계약을 하고…… 고객들을 관리하기 위한 약속과 만남의 연속이었다. 그런 일을 모두 이야기하고 나니 사라져 버린 딸, 보영이 머릿속에 가득 찼다.

"넌 지금 어디에서 무얼 하고 있는 거니? 언제쯤 네 소식을 알 수 있을까? 잘 살고 있는 거니?"

수옥은 보영을 생각하며 고개를 숙였다. 곧 보영에 대한 이야기를 풀어놓을 참이었다.

　보영은 어릴 때부터 똑똑했다. 하나를 알려 주면 둘을 스스로 깨닫는, 공부 머리가 좋은 아이였다. 수옥은 욕심이 생기기 시작했다. 보영을 위해 희생할 각오를 다졌다. 학원과 과외를 알아보았고 보영에게 그 모든 것을 선사했다. 중학교, 고등학교 때까지 보영은 수옥이 이끄는 대로 따라와 주었고 이른바 명문대 의대에 입학했다. 수옥은 그제야 마음을 놓을 수 있었다. 그런데 보영은 대학에 가서 공부를 놓아 버렸다. 그동안 하지 못한 것에 대한 보상을 받으려는 듯이. 술을 마시러 다녔고 새벽에 들어오기가 부지기수였다. 그럴 수 있다고 생각했다. 그동안 애쓰고 살아왔으니까, 일 년 정도는 그런 시간을 보내는 것도 나쁘지 않다고 생각했다. 하지만 2학년이 되어서도 보영은 달라지지 않았다. 보영이 말없이 외박을 한 다음 날, 수옥은 학교에 찾아갔지만 보영을 만날 수 없었다. 학교에 나오지 않은 지 꽤 되었다고 했다. 수옥은 그제야 심각한 상황임을 깨달았다. 친구들을 수소문한 끝에 보영이 고등학교 친구의 자취방에서 지내고 있다는 것을 알았다. 수옥은 그곳을 찾아가 보영에게 그만 집으로 돌아가자고 했다.

　"이십 년 동안 엄마가 하라는 대로 살아왔으니, 이제는 내가 원하는 삶을 살 거예요."

　"네가 원하는 삶이 뭔데?"

　"이제 찾아봐야죠."

수옥은 당황스러워 보영에게 물었다.

"어째서 그동안 얘기를 안 한 거니?"

"엄마가 슬퍼할까 봐 말 못 했어요. 엄마가 그랬잖아요. 난 엄마에게 희망이라고, 나만 보고 산다고. 그래서 엄마가 원하는 대로 노력했는데, 내가 행복하지 않아요."

수옥은 그동안의 노력이 헛되었다는 사실을 견딜 수 없었다. 강제로 보영을 집에 데리고 왔다. 매일 아침 차로 학교에 데려다주고, 수업이 끝난 뒤엔 학교 앞에서 기다려 보영을 데리고 집으로 왔다. 보영의 일거수일투족을 확인했다. 다행히 보영은 수옥의 말을 잘 따랐고 3학년이 되었다. 어느 봄날, 학교에 간다고 나간 보영은 집으로 돌아오지 않았다. 사방으로 찾으러 다녔지만 찾지 못할 곳으로 숨어 버렸다. 수옥은 매일 보영을 기다렸다. 언젠가는 돌아올 보영을 위해서 이사도 가지 않았다. 긴 시간이 지난 뒤 보영은 일곱 살 난 채원을 데리고 집으로 돌아왔다. 하지만 다음 날 편지를 남겨 두고 또다시 사라져 버렸다.

과거를 회상하니 강한 전기가 통하듯 마음이 아렸다. 수옥은 손으로 가슴을 쓸어내리며 통증을 달랬다. 수옥은 보영이 돌아왔을 때 올바르게 자란 채원을 보여 주고 싶었다. 네가 틀렸고 내가 맞았다는 것을 증명하고 싶었다. 그런데……. 수옥은 보영이 눈앞에 있기라도 한 것처럼 말을 이었다.

"채원이가 이상해. 잘 견디고 있는 줄 알았는데, 불안해 보여.

알면서도 쉽게 다가가지 못하겠다. 요즘은…… 자신이 없어. 내가 그 앨 위해 무엇을 어떻게 해 주어야 하는 것인지. 언젠가 내가 세상을 떠났을 때, 그때까지 네가 돌아오지 않는다면……. 세상에 혼자 남겨질 채원이를 생각하면 조급해져. 나는 최선을 다하고 있는데 이게 맞는 건지 잘 모르겠어. 겁이 나. 도망가고 싶어. 모든 걸 훌훌 던져 버리고. 하지만 그럴 수 없겠지. 넌 네 딸이 걱정되지 않는 거니.”

수옥은 깊은숨을 내쉬고는 말을 이어 나갔다.

“요즘 들어 너를 만나는 상상을 자주 해. 채원이와 너와 나, 이렇게 셋이 한집에 모여 있는 상상을. 왜 우리는 만나지 못하는 걸까. 어디서부터 잘못된 걸까. 이유를 찾기 위해 시간을 거슬러 올라가 보곤 했어. 그리고 깨달았어. 네 마음을 살피지 못하고 나는 내 방식대로 너를 끌고 나갔던 거야. 어른이니까 당연히 그래도 된다고 생각했던 거지. 그러지 말았어야 했는데. 보고 싶다. 네 목소리를 듣고 싶어. 그리고 사과하고 싶어. 네게 한 내 잘못된 행동을. 언제쯤 만날 수 있는 거니? 언제쯤 다정한 이야기를 나눌 수 있는 거니…….”

수옥은 눈을 감은 채, 오랫동안 소파에 기대앉아 있었다.

“시간이 다 됐습니다.”

직원의 목소리가 들려왔다. 그제야 수옥은 눈꺼풀을 밀어 올렸다. 10호실 밖으로 나오자 직원이 수고했다고 말했다. 수옥은 잠시 마음을 추스른 뒤 채원을 생각했다.

"우리 손녀가 기록을 잘 하고 있는지 궁금해서 그러는데 확인 좀 할 수 있을까요?"

직원은 채원의 생년월일과 이름을 묻더니 검색을 마친 뒤 말문을 열었다.

"이번 달 방문은 했는데 기록은 하지 않고 돌아갔어요."

"기록을 안 했다고요?"

"네."

직원이 어색한 미소를 지었다.

"알겠어요. 고마워요."

수옥은 복도를 걸으며 그날을 떠올렸다. 전화로 기록하는 날임을 알렸고 채원은 라이프비욘드로 간다고 했다. 그런데 기록을 하지 않은 건가. 어째서 그에 대해 아무런 말을 하지 않은 걸까. 얼마 후 채원은 학원 수업도 온라인으로 변경했다. 갑자기 머리가 지끈거렸다. 양쪽 관자놀이를 꾹꾹 눌렀다. 복도 끝에 있는 휴게실로 들어가 앉아 있다가 학원에 전화를 걸었다.

몇 번의 통화음 뒤에 학원 선생이 전화를 받았다. 수옥은 인사를 건넨 뒤 채원이 온라인 수업으로 변경한 배경과 이유에 대해 알고 있는지 물었다.

"채원이가 원했어요. 정확한 이유는 말하지 않았고요. 오랜 시간 아이들과 함께 수업해 보니 주로 아이들 사이에 갈등이 있을

때 비대면으로 변경하더라고요. 대면 수업은 아이들과 부딪칠 수
있는 환경이니까요. 물론 공부에만 집중하고 싶어서 온라인으로
바꾸는 경우도 있긴 합니다. 할머님께서 채원이와 대화해 보시면
좋을 것 같아요. 아이들 관계가 학습에도 영향이 있으니까요."

"알겠습니다, 선생님."

수옥은 전화를 끊고는 사무실에 들어와 다음 스케줄을 확인했
다. 오후 4시에 미팅이 잡혀 있었다. 두 시간 여유가 있었다. 집에
들렀다 가도 충분한 시간이었다. 수옥은 가방을 챙겨 사무실을
나왔다.

에어컨이 꺼진 집 안은 열기로 후끈거렸다. 더위보다 견딜 수
없는 건 불안한 마음이었다. 수옥은 채원의 방문을 노크했다. 응
답이 없자 방으로 들어갔다. 침대 위의 정리되지 않은 이불, 의자
에 걸쳐 있는 옷가지, 어수선하게 화장품이 널려 있는 화장대 책
상 위의 책들……

책상 서랍을 열었다. 안쪽으로 손을 집어넣어 물건들을 앞쪽으
로 쓸어 모았다. 고양이와 윤슬, 채원이 함께 찍은 사진. 이 사진
을 보며 채원은 무슨 생각을 했을까. 그때 명함 한 장이 눈에 들어
왔다.

'인턴 김현조'.

휴대폰에 저장된 현조의 번호를 불러들였다. 번호가 달랐다. 그

렇다면 이 명함은 최근 것인가. 천안에 위치한 회사 주소를 보고
는 현조가 그동안 서울에 없었다는 것을 짐작했다. 점점 심기가
불편해졌다.

'채원이 현조를 만난 건가. 그 애 때문인가.'

수옥은 의자에 걸터앉았다. 윤슬의 장례식장에서 일이 있고 한
달 뒤에 라이프비욘드에서 연락이 왔었다. 윤슬이 채원에게 남긴
이야기가 있다고 했다. 그 이야기를 들을 수 있는 사람은 채원뿐
이라면서. 채원이 미성년자이기 때문에 보호자인 수옥의 동의가
있어야 윤슬과 채원이 만날 수 있다고 했다. 수옥은 거절했다.

얼마 뒤 현조에게서 연락이 왔다. 현조는 윤슬이 채원에게 남긴
기록을 알고 싶어 했다. 그때도 수옥은 반대했다. 다시는 찾지 말
라고 단단히 일러두기까지 했다.

당시 수옥은 채원의 마음을 안정시키기 위해 노력하고 있었다.
채원을 흔들고 싶지 않았다. 수옥에게는 누구보다도 채원이 가장
소중했다.

수옥은 채원에게 상담을 권유했다. 채원도 처음에는 잘 따라가
는 듯했다. 하지만 상담을 길게 이어 가지는 않았다. 걱정했지만
다행히 새로운 학교에 적응을 잘해서 별다른 문제가 없는 줄 알았
다. 채원이 잘 이겨 내고 있다고 생각했다. 그런데 아니었던 걸까.

세상을 떠난 윤슬의 일은 안타깝고 슬픈 사건이었다. 하지만 사
고가 채원 때문에 일어난 건 아니라고 믿었다. 그러다 관리 회원

인 학부모로부터 이야기를 듣고 다소 놀랐다. 채원이 의도한 사고는 아니었지만 만약 채원이 제시간에 약속 장소에 나갔다면 윤슬의 죽음은 피할 수 있지 않았을까. 수옥은 혼란스러웠다. 채원이 그 이야기를 할까 봐 겁이 났다. 하지만 채원은 아무 말도 하지 않았다. 한편으로는 다행이라 여겼고, 다른 한편으로는 이렇게 생각하는 자신이 창피했다.

'혹시, 현조가 채원에게 윤슬을 만나 달라고 했나. 그래서 채원이 방황을 하는 건가.'

잠잠했던 두통이 다시 일었다. 수옥은 명함을 책상 서랍에 넣었다. 고객과의 미팅 시간이 가까워졌지만 지금 상태로 만날 자신이 없었다. 고객 번호를 찾아 전화를 걸었다. 몸이 좋지 않아 약속 장소에 나갈 수 없다는 말을 전하며, 거듭 사과를 했다. 고객은 수옥의 사정을 이해해 주었다.

수옥은 채원의 방에서 나와 옷을 갈아입고 화장을 지웠다. 마음을 다잡으려는 듯 크게 숨을 몰아쉬고는 눈을 감았다. 이대로 있을 수 없었다. 지금 채원의 상태를 알고 싶었다. 채원의 이야기를 듣고 싶었다. 그러려면 둘만의 시간이 필요했다. 하지만…… 지금까지 해 왔던 것처럼 채원을 몰아세우고 싶지는 않았다. 겁이 났다. 채원마저 보영처럼 사라질까 봐.

수옥은 화장대 서랍을 열고 손을 깊숙이 넣었다. 색이 바랜 편지 봉투가 손에 잡혔다. 보영이 남긴 편지였다. 편지를 내려다보다가 학원 선생에게 전화를 걸었다. 채원이 며칠 수업을 들을 수 없을 거라고 말했다. 그리고 이 이야기를 채원에게 미리 전하지 말아 달라는 부탁을 남겼다.

8

　온라인 수업이 끝나자마자 밖으로 나온 채원은 휴대폰에 저장
해 둔 현조의 번호를 불러들여 통화 버튼을 눌렀다.

"여보세요?"

"언니, 저 채원이에요."

"그래, 채원아."

현조는 말이 없었다.

"지금…… 만날 수 있어요?"

"지금?"

"네."

"알바 중인데."

"제가 그쪽으로 갈게요."

"여기 온다고?"

현조는 채원의 전화도, 이곳으로 오겠다는 말도 갑작스러웠다.

"주소를 문자로 알려 주면…… 갈게요."

"……알았어. 보낼게."

곧 메시지 알림음이 울렸다. 채원은 현조가 알려 준 주소를 검색해 교통편을 찾았다.

채원은 작은 카페 앞에서 현조에게 방금 도착했다는 메시지를 보냈다. 곧 현조가 밖으로 나왔다.

"손님들이 와서. 들어와 있을래?"

채원은 구석에 있는 테이블에 자리를 잡았다. 사람들은 키오스크로 주문을 했고 현조는 빠르게 음료를 만들었다. 채원은 바쁘게 움직이는 현조를 보며 내내 마음이 초조했다. 이십 분쯤 뒤, 손님이 뜸해지자 현조가 채원의 맞은편에 앉았다.

"갑자기 무슨 일이니?"

채원은 현조와 눈을 마주치지 못했다. 막상 앞에 있으니 입을 떼기가 어려웠다. 채원은 잠시 뜸을 들이다가 입을 열었다.

"한 가지 알고 싶은 게 있어서요."

"뭘?"

"라이프비욘드가 있는 큰 사거리에서 오른쪽으로 이어지는 골목에 있는 유인 편의점…… 아세요?"

현조는 머릿속으로 지도를 그려 나갔다.

"거기, 알지."

"편의점에서 일하는 아르바이트생도 알아요?"

현조의 동공이 커졌다.

"우주?"

현조의 입에서 나오는 우주의 이름이 너무나도 자연스러웠다. 그 자연스러움이 채원을 불안하게 했다. 채원은 마른침을 삼키고는 탁자 밑으로 손을 내렸다.

"그 애랑 윤슬이가 아는 사이예요?"

"우주랑 윤슬이가 아는 사이냐고?"

"네."

"아니, 둘은 몰라."

"정말요?"

"정말이라니? 당연히 알 수 없지."

채원은 혼란스러웠다.

현조는 채원의 얼굴을 살폈다. 긴장되고 초조한 눈빛. 갑자기 찾아와서 이런 이야기를 하는 이유가 궁금했다.

"그게 왜 궁금한 건데?"

"네? 그냥……."

"그냥? 그냥이라니. 이유가 있어서 확인하려는 거 아니었니?"

"정말 아무 이유도 없어요. 이제 갈게요."

채원은 황급히 자리에서 일어나 밖으로 나가 버렸다. 뭔가 미심

쩍은 기분이 든 현조는 채원을 따라나섰다. 채원이 저만치 달려 갔다. 채원을 부르려는데, 손님이 키오스크 앞에서 주문을 시작했 다. 어쩔 수 없이 현조는 카페 안으로 들어와 주문지를 받고는 커 피를 내렸다. 우주를 알게 된 지난날을 떠올리며.

*

윤슬의 장례식이 끝난 뒤, 현조는 집으로 돌아왔다. 텅 빈 집은 죽은 공간처럼 침울했다. 주변 지인들의 위로와 관심이 계속 이 어졌다. 고마웠지만 어느 순간부터, 알 수 없는 무게에 짓눌려 휴 대폰을 꺼 두기도 했다. 정적이 감도는 집에서 엄마와 아빠, 윤슬 을 생각했다. 지난 시간들이 한꺼번에 밀어닥쳤다.

어떤 날은 뜬눈으로 밤을 지새웠고, 어떤 날은 깊은 잠에서 깨 어나지 못했다. 집 안의 침묵에 견딜 수 없어 밖으로 나오면 윤슬 과 같은 교복을 입은 아이들이 가장 먼저 눈에 들어왔고, 어느 순 간 현조는 그 아이들을 쫓아가고 있었다. 목소리와 웃음소리만 들어도 눈물이 왈칵 쏟아졌다.

매일 윤슬의 방에 들어갔다. 윤슬의 흔적이 남아 있는 물건을 만지고 쓰다듬고 냄새를 맡았다. 아빠와 엄마가 떠났을 때처럼. 믿을 수 없었다. 믿기지 않았다.

소음이라도 필요했다. 하루 종일 TV를 켜 두었다. 싱크홀 사고에서 살아남은 J라는 아이에 대한 뉴스가 흘러나왔다. 의식 불명 상태였는데 일주일 만에 깨어났다고 했다. 현조는 마치, 윤슬이 살아난 것처럼 마음이 벅차올랐다.

현조는 그 아이를 꼭 만나고 싶었다. 고맙다는 말을 전하고 싶었다. 어떤 힘듦과 시련이 와도 굳건히 살아 내기를 빌어 주고 싶었다. 현조는 생존자 가족 모임 단체에 문의했다. 그렇게 J의 아버지와 연락이 닿았고, J의 이름이 우주라는 사실을 알게 되었다. 만나게 해 달라는 현조의 부탁에 우주의 아버지는 아들이 원해야 가능하다고 말했다.

며칠 뒤, 그 아버지로부터 연락이 왔다. 우주가 현조를 만나고 싶어 한다고 했다. 현조는 약속한 시간에 병원을 찾았다.

크게 숨을 내쉰 뒤, 병실 문을 노크했다. 문을 열고 안으로 발을 들여놓았다. 침대에 누워 있던 우주가 몸을 일으켰다. 우주는 말없이 현조의 얼굴을 보았다.

"안녕하세요? 전, 김현조라고 합니다."

우주는 침대에서 일어나, 몸을 수그리며 현조에게 인사를 건넸다. 현조는 그저 멍한 눈으로 우주를 바라보았다. 우주는 창가 아래에 있던 보조 의자를 침대 가까이에 놓았다.

"여기 앉으세요."

현조는 천천히 다가와 의자에 앉았다. 우주는 냉장고에서 음료수를 꺼냈다. 뚜껑을 열고 현조 손에 쥐여 주었다. 우주와 현조의 손이 맞닿았다. 현조는 우주의 손이 따뜻해서 좋았다. 마지막에 닿은 윤슬의 몸은 너무 차가웠기 때문이다.

우주는 침대에 걸터앉아 현조의 얼굴을 살폈다. 눈과 코와 입과 인중과 볼을 찬찬히, 눈으로 읽었다.

"절 만나고 싶어 했다고 들었어요."

"맞아요."

"왜……요?"

"우리 윤슬이는 세상을 떠났어요. 그 슬픔 속에 있었는데 우주 군이 깨어났다는 소식을 듣고, 기뻤어요. 그냥 이유 없이, 살아 줘서 고맙다는 말을 하고 싶었어요. 그리고 잘 견뎌 주었으면 좋겠다고. 이 말을 꼭 전해 주고 싶었어요."

"……."

"손…… 손을 잡아 봐도 될까요?"

"그럼요."

우주는 현조를 향해 양손을 내밀었다. 현조는 우주의 손을 잡았다. 살아 있는 손의 온기를 놓고 싶지 않았다.

"윤슬이, 그러니까 윤슬이라는 아이의 사진, 있어요?"

"사진?"

"얼굴을 보고 싶어요."

"아, 있어요."

현조는 휴대폰에 있는 사진을 불러들인 뒤 우주 앞으로 내밀었다. 사진 속에는 키가 비슷한 여자아이 둘이 손을 맞잡은 채 웃고 있었다. 뒤에는 초록 잔디가 펼쳐져 있고, 멀리 '인디 밴드 페스티벌'이라고 적힌 현수막이 걸려 있었다. 우주는 두 아이의 얼굴을 번갈아 보며 윤슬을 찾았다. 우주의 시선이 단발머리 아이의 얼굴에 닿았다. 현조는 긴 머리카락의 아이를 손가락으로 가리켰다.

"우리 윤슬이에요."

우주는 그제야 윤슬의 얼굴로 시선을 옮겼다. 반달처럼 눈매가 휘어 환한 미소를 짓고 있는 윤슬에게로.

"예쁘네요, 윤슬이."

우주는 울먹이는 목소리로 말했다.

"그쵸? 우리 윤슬이 예쁘죠?"

현조는 눈물을 흘렸다. 우주는 휴지를 가져와 현조의 눈물을 닦아 주었다.

그날 이후로 현조와 우주는 서로의 연락처를 교환하고 문자로 소식을 전하며 용기를 북돋아 주었다.

9

채원이 걸음을 멈추었다.

'현조 언니는 우주와 윤슬의 연결 고리에 대해서는 모르는 걸까. 아니면 애초에 내가 과민하게 반응하는 것일까.'

바람이 불어왔다. 채원은 바람이 불어오는 곳으로 눈을 돌렸다.

진로 수업 시간, 윤슬이 꿈에 대해 이야기할 때를 기억했다. 창문을 통해 불어온 바람, 감추고 싶고 숨기고 싶어도 결국 바람을 타고 돌아오는 것들에 대해.

고양이 공기, 커피우유, 오로라, 바르셀로나의 구엘 공원, 윤슬, 우주와 별말로 612 섬을 둘러싼 것들. 채원은 그 모든 것에서 벗어나고 싶었다.

주위를 둘러보았다. 저만치에 지하철역이 있었다. 지하철을 타기 위해 발길을 옮겨 승강장으로 내려왔다. 곧 전동차가 도착함을 알리는 안내 방송이 흘러나왔다. 채원은 전동차에 올라탄 뒤에야 여기가 몇 호선인지 확인했다. 열 정거장을 지나면 H 쇼핑몰 역이었다. 채원은 사고 이후 그곳에 한 번도 가 본 적이 없었다. 궁금했다. 그곳이 어떻게 달라졌는지.

전동차에서 방송이 나올 때마다 채원은 귀를 기울였다. 아홉 정거장을 지나자 다음 역이 H 쇼핑몰이라는 방송이 들렸다. 채원은 자리에서 움직일 수 없었다. 내릴까 말까 고민하는 사이 역에 가까워졌고, 채원의 심장은 거세게 뛰었다. 전동차가 멈추었다. 문이 열리고 사람들이 타고 내렸다. 문이 닫히려는 찰나에 일어나 밖으로 나왔다. 전동차는 다음 역을 향해 출발했다. 채원은 깊은 숨을 들이마시고 출구를 향해 걸었다. 느린 발걸음과 달리 가슴은 빠르게 뛰었다.

채원은 사람들에게 휩쓸려 개찰구를 통과하고 에스컬레이터에 올라탔다. 에스컬레이터는 쇼핑몰 광장과 연결되어 있었다. 채원은 손잡이에 몸을 의지해 밖으로 나왔다. 눈부신 햇살과 뜨거운 열기에 눈앞이 아득했다. 마음을 가다듬으며 앞을 똑바로 보았다.

일 년 전 싱크홀 사고가 났던 바로 그 장소, 그 자리에 바닥 분수대가 설치되어 있었다. 그 주위로 아이들과 함께 온 부모들이 곳곳에 모여 있었다. 채원은 한 발 한 발 천천히 내디뎠다. 금방이라도 발아래가 꺼져 내릴 것같이 아슬아슬했다. 채원은 멈춰 서서 숨을 골랐다. 눈을 질끔 감았다 뜨고는 다시 발을 내딛어 분수대 가운데에 이르렀다.

잠시 숨을 고르던 그 순간, 쏴 하는 소리와 함께 바닥 분수에서 물이 솟구쳐 올랐다. 놀란 채원이 가슴을 움켜잡았다. 사방에 흩어져 있던 아이들이 분수대로 들어와 물을 적시며 웃음소리를 쏟아 냈다. 채원의 몸도 젖어 버렸다. 몸이 물에 잠기는 것 같았다. 이대로 물속에 가라앉아 버려도 괜찮다고 생각했을 때, 물줄기는 사그라들었고 채원은 그 자리에 주저앉아 울음을 토해 냈다.

"학생, 괜찮아요?"

다섯 살 난 아이와 함께 온 아주머니가 물었다. 채원은 그제야 자리에서 일어나 울먹이는 목소리로 괜찮다고 말했다.

"이걸로 닦아요."

아주머니는 채원에게 수건을 건네주었고, 채원은 고맙다고 말하며 수건을 받아 젖은 머리카락과 몸을 닦았다. 그러고는 수건을 돌려준 뒤 물러서서 벤치에 앉았다.

초점 없는 눈길로 멍하니 앉아 있던 채원은 사고가 났던 시기의 신문 기사를 찾아보았다.

어둠 속에서 발견한 희망

기적의 아이콘, J 군

살아 있어 줘서 고맙다

J 군은 병실에서 깨어나자마자 우유가 먹고 싶다고 말했다

채원은 모자이크로 처리된 J의 아버지가 나온 기사를 읽어 나
갔다.

"우리 아이는 착했어요. 엄마 없이 자랐지만 밝고 명랑했습니다. 그
긍정적인 마음이 끝까지 아이를 살린 힘이 아니었나 싶습니다. 힘들 때
우리 아이를 생각하면서 용기를 잃지 않기를 바랍니다."

그렇게 기사를 따라가던 채원의 시선이 한 문장에서 멈추었다.

Y 양이 발견된 장소로부터 약 2미터 떨어진 곳에서 J 군이 구조됐다.

옆 벤치에서 아이의 웃음소리가 들려왔다. 수건을 빌려준 아주
머니의 아이였다. 아주머니는 물에 젖은 아이의 몸을 수건으로
닦아 내고 있었다. 2미터. 아이와 엄마는 채원으로부터 그 정도
떨어진 거리에 있었다.

눈앞이 캄캄했다. 2미터, 2미터라면 둘은 그 안에서 만났을 수
도 있다. 눈앞의 어둠 속으로 윤슬과 우주의 모습이 파고들었다.
지하철에서 땀을 흘리며 몸을 떨었던 우주. 채원의 팔을 잡았던
우주. 편의점에서 지내는 우주.

'너희 둘, 함께 있었던 거니?'

채원은 저 아래, 어둠 속에 있었을 윤슬과 우주를 생각했다. 우주에게는 어떤 사정과 아픔이 있는 걸까. 당장이라도 달려가 이야기를 듣고 싶었다. 채원은 우주와 함께한 시간이 좋았다. 우주와 있을 때면 윤슬과 지내던 시절로 돌아간 것 같았다. 할 수만 있다면 그 아이의 마음을 다독여 주고 싶었다. 윤슬에게 못다 한 위로를 우주에게 전하고 싶었다.

하지만 윤슬이 사라진 게 채원 때문이라는 사실을 알게 되면 우주도 다른 아이들처럼 채원을 외면할지 몰랐다. 결국 또다시 혼자가 될 것이다. 학습 효과, 몸이 기억하고 있는 학습 효과였다.

채원은 윤슬과 우주로부터 벗어나고 싶었다. 이번에도 도망치도록 도와줄 사람은 할머니뿐이었다.

10

채원이 키패드에 지문을 대자 도어 록이 열렸다. 젖은 운동화를 벗고 올라서자, 기척이 느껴졌다. 고개를 드니 수옥이 눈앞에 서 있었다.

"왜 이렇게 젖었니?"

놀라서 묻는 수옥의 목소리에도 채원은 대답할 기운이 없었다.

"어서 씻고 옷부터 갈아입으렴."

채원은 욕실 안으로 들어갔다. 거울에 초라한 제 모습이 고스란히 비쳤다. 채원은 스스로가 너무 바보 같았다. 얼굴을 보고 싶지 않아 거울을 등지고 서서 옷을 벗었다. 샤워기의 물을 틀었다. 물과 비누 거품이 복잡한 감정을 모두 씻어 주기를 바라면서.

노크 소리와 함께 입을 옷을 문 앞에 두었다는 수옥의 목소리가 들렸다. 채원은 씻고 나서 옷을 갈아입고 나왔다.

채원을 기다리던 수옥이 채원의 손을 잡아 소파에 앉히고는 드라이기로 젖은 머리카락을 말려 주었다. 채원은 눈을 감은 채 물기가 사라지기를 기다렸다. 할머니의 손길은 차가우면서도 따뜻했다. 채원이 할머니를 벗어날 수 없는 이유였다.

수옥은 채원과 마주 보도록 자세를 고쳐 앉았다.

"밖에서 무슨 일이 있었던 거니?"

수옥은 조심스럽게 물었고 채원은 차마 입을 열지 못한 채 할머니 얼굴을 바라만 보았다.

"괜찮아, 채원아. 말해 보렴."

채원이 마른침을 삼키고는 입을 열었다.

"처음으로 사고가 났던 곳에 가 봤어요. 윤슬이가 사라진 곳요. 그 자리에 바닥 분수가 생겼더라고요. 걸어가는데 무서웠어요. 땅이 아래로 꺼져 내릴까 봐요. 그런데 멈추고 싶지는 않아서 계속 걸어갔는데, 바닥에서 물이 솟구쳐 올랐어요……."

"거긴 왜 간 거니?"

수옥은 채원의 이야기가 듣고 싶어 부드럽게 물었다. 채원은 우주를 생각했다.

"어떤 아이를 알게 되었는데, 신기하게도 그 애랑 좋아하는 게 비슷했고 조금씩 가까워졌어요. 그런데…… 그 애의 비밀이 뭔지 알 것 같아요."

채원은 더는 어떤 말도 할 수 없었다. 채원과 수옥 사이에 침묵이 흘렀다.

"오늘 라이프비욘드에서 네가 이번 달 기록을 하지 않았다는 걸 알게 됐어."

나긋나긋한 수옥의 목소리에 채원이 놀란 표정을 지었다.

"널 다그치려는 게 아니야. 돕고 싶은 거야. 네게 무슨 일이 있었는지 이야기해 줄 수 있니?"

수옥이 채원의 얼굴을 어루만졌다. 그 손길에 얼어 있던 채원의 외로움이 녹아내리는 것 같았다. 녹은 마음의 물이 가슴에 고여 들어 잔잔한 물결을 이루고 파도를 만들었다. 점점 거세진 파도는 말이 되어 넘쳐흐르기 시작했다.

"사실, 전 엉망이에요. 오래전부터 그랬어요. 전학 간 학교에서 새롭게 시작하고 싶었어요. 좋은 사람, 좋은 친구가 되기 위해 최선을 다했는데도 모두 멀어졌어요. 아무래도 아이들이 알고 있는 것 같아요. 저 때문에 윤슬이가……. 정말 최악은 지금까지 제가 했던 모든 기록이 거짓말이었다는 거예요. 사실 매일 윤슬이 생각을 했어요. 그런데 윤슬이 이야기는 한마디도 남기지 못했어요. 기록하러 간 날, 우연히 현조 언니를 만났어요. 현조 언니를 만나고 나니까, 윤슬이 생각이 더 깊어져서 아무 말도 남길 수 없었어요. 제가 기록을 하지 않았다는 걸 알면 할머니가 슬퍼할까 봐 말하지 못했어요. 저한테 실망했죠. 전 늘 할머니를 실망시켜요. 그렇죠?"

'할머니가 슬퍼할까 봐 말하지 못했어요.' 그 말을 듣는 순간 수옥은 보영의 목소리가 들려오는 듯했다. '엄마가 슬퍼할까 봐 말 못 했어요. 엄마가 그랬잖아요. 난 엄마에게 희망이라고.' 수옥은 아찔했다.

"아냐, 그렇지 않아. 솔직하게 얘기해 줘서 고맙다. 정말이야. 천천히, 우리 천천히 생각해 보자. 아직 시간은 충분해."

수옥은 채원의 등을 쓸어내리며 깨달았다. 채원의 곁에 여전히 윤슬이 있다는 것을. 그 애에게서 벗어나도록 해 주고 싶었는데 원점, 다시 제자리로 돌아온 것이다. 아니, 처음부터 채원은 그 자리에 있었는지도 모른다. 한 걸음도 벗어나지 못한 채.

"채원아, 우리 바람이라도 쐬러 갈까."

"어디로요?"

"좀 멀리. 바다가 보이는 곳으로."

"바다요?"

수옥은 고개를 주억거리며, 두 볼에 흘러내리는 채원의 머리카락을 귀 뒤로 꽂아 주었다.

채원은 할머니가 낯설었다. 할머니는 즉흥적으로 행동하기보다는 계획대로 움직이는 사람이었기 때문이다.

"진짜 지금 떠나요?"

"그래, 지금."

채원은 여기를 벗어날 수 있다면, 어디라도 상관없었다.

3부 우리가 여행을
떠나는 이유

1

　우주는 편의점 밖으로 나와 주변을 둘러보았다. 거리를 지나는 사람이 드물었다. 밤이 되면 아무래도 손님이 줄어든다. 이곳을 찾는 사람들이 대개 노인이기도 하고, 편의점 자체도 번화가가 아닌 골목에 있기 때문이다. 어둠 속에서 홀로 빛을 내는 편의점을 볼 때면 골목의 등대처럼 느껴지곤 했다.

　우주는 채원이 걸어왔던 방향으로 고개를 돌렸다. 함께 오로라를 본 이후 채원을 만나지 못했다. 겨우 하루 지났을 뿐인데 채원의 안부가 궁금했다. 그때 풍경 소리가 들려왔다. 손님인가 싶었는데 현조였다. 현조는 검은색 백팩을 메고 있었다.

　"누나, 이 시간에 무슨 일이에요?"

　우주가 반갑게 물었다.

　"할 이야기가 있어서."

우주는 현조의 얼굴을 찬찬히 살폈다. 함께 있을 땐 늘 해사하게 웃던 현조였는데, 지금은 어떠한 감정도 읽어 낼 수 없었다.

현조는 시원한 음료 두 개를 골라 우주 앞에 놓았다. 우주가 계산을 하자 안쪽으로 들어가 이야기를 나누자고 했다. 우주는 현조를 따라나섰다.

둘은 테이블 의자에 마주 앉았다. 현조가 천천히 음료를 마시고는 우주의 눈을 뚫어져라 보았다. 우주는 현조의 이야기를 기다렸다.

"채원이랑 너, 아는 사이니?"

현조의 입에서 나온 채원이란 이름이 우주는 반가우면서도 조금은 놀라웠다.

"누나가 채원이를 어떻게 알아요?"

"그건 내가 묻고 싶은 말이야."

"채원이는 편의점 손님으로 와서……."

"손님?"

"네."

"손님이라……."

현조는 믿을 수 없다는 듯 고개를 가로저었다.

"누나, 왜요?"

현조는 우주의 눈을 지긋이 보았다.

"채원이…… 윤슬이 친구였어."

현조는 그 말과 동시에 얕은 숨을 내쉬었다. 우주는 윤슬과 채원이 친구였다는 말에 또 한 번 놀랐다. 전혀 예상 못 한 일이었다.

"기억나니? 내가 병실에 찾아갔을 때 네가 윤슬이 얼굴을 보고 싶다고 했잖아. 그래서 보여 준 사진에서 윤슬이랑 손을 잡고 있던 단발머리 아이. 그 애가 채원이야."

우주는 창문 너머, 공기의 숨숨집을 바라보며 채원을 떠올렸다. 그래서였나. 처음 만났을 때부터 낯이 익었던 이유가. 우주는 다시 현조를 향해 고개를 돌렸다.

"오늘 채원이가 날 찾아와서 너에 대해 물었어."

"저에 대해서요?"

"너랑 윤슬이랑 아는 사이냐고."

"저랑 윤슬이랑……."

"아니라고 했지. 그 말만 듣고 채원이는 갔어. 그런데 알바가 끝나고도 그 질문이 잊히지 않는 거야. 채원이는 왜 그걸 내게 확인한 걸까."

음료수를 내려다보며 이야기하던 현조는 우주와 눈을 마주쳤다.

"……."

채원이 윤슬의 친구였다는 생각지 못한 사실에 우주는 당황스러웠다. 그 순간 떠오르는 것이 있었다. '커피우유, 고양이 공기, 오로라.' 그러고 보니 모두 윤슬과 관련된 것들이었다.

'채원이는 왜 그 사실을 현조 누나에게 확인했을까. 직접 물어

봐도 되는 일 아니었나.'

"저도 궁금한 게 있어요. 누나는 채원이랑 계속 연락을 했던 거예요?"

"아니, 아니야. 채원이랑은 좀 복잡해."

"무슨 뜻이에요?"

"그날 그 사고, 채원이가 약속만 지켰다면 윤슬이는 지금 살아 있었을지도 모르니까."

"네?"

"그러니까……."

현조는 윤슬과 채원 사이에 있었던 일을 우주에게 전했다.

"이후 채원이는 휴학을 하고 전학을 간 것 같아. 난 서울을 떠났고. 서울에 돌아와서 라이프비욘드에 갔었어. 윤슬이를 만나기 위해서. 우연히 채원이를 만났고 연락처를 주고받았어. 채원이는 기록을 하러 왔겠지. 채원이에 대한 원망, 없다고 하면 거짓말이야. 윤슬이는 어린 나이에 세상을 떠났어. 아무리 힘들어도 채원이는 살아 있잖아."

잠시 침묵이 이어졌다. 우주는 현조의 이야기를 기다렸다. 현조가 고개를 들더니 말을 이었다.

"천안에서 지낼 때 가끔 채원이 생각을 했어. 나도 채원이 탓만은 아니라는 걸 알았지. 그 애가 의도한 것도 아니고, 본인도 죄책감에 괴로웠을 테니까. 그때는 내 마음이, 누군가의 탓으로 돌리

지 않고서는 못 배겼던 건지도 몰라. 남 탓을 해야 내가 덜 힘들
테니까. 그런데 가상 현실에 있는 윤슬이를 만나고서야 알았어.
혼자 얼마나 외롭고 힘들었는지. 그 마음을 채원이랑 나누고 있
었더라고. 내가 윤슬이 마음을 좀 더 일찍 알고 보듬어 주었다면
애초에 윤슬이는 그곳에 갈 일이 없지 않았을까.”

현조가 깊은숨을 몰아쉬었다.

“누나.”

우주는 현조의 손을 잡아 주었다.

“윤슬이가 채원이에게 남긴 이야기가 있어. 사고가 있던 날 남
긴. 그 이야기가 몹시 궁금했어. 윤슬이가 그곳에서 채원이를 세
시간 넘게 기다렸다고 하더라. 둘 사이에 무슨 일이 있었던 걸까.
무슨 일이 있었길래, 그날 그곳에서 만나기로 했을까. 채원이 할
머니에게 부탁했는데 거절당했어. 채원이에게는 아직 말하지 못
했고.”

현조는 양손으로 얼굴을 감쌌다.

우주는 현조의 흔들리는 어깨를 가만히 지켜보았다. 마냥 기다
려 주고 싶었다. 현조가 충분히 슬픔을 쏟아 낼 수 있도록.

“우주야.”

현조의 목소리에 우주가 고개를 들었다.

“너랑 윤슬이랑 아는 사이, 아니지?”

“네? 네…….”

"그래, 알았어. 이제 가야겠다."

현조는 자리에서 일어났다.

"누나……."

"응?"

"조심히, 조심히 가세요."

"그래, 고마워."

잠시 뒤 풍경 소리와 함께 문이 열렸다 닫혔다.

우주는 멀어지는 현조의 뒷모습을 바라보며 오로라를 보러 가자고 말했던 채원을 떠올렸다. 편의점에 도착해 나눴던 구엘 공원 이야기도. 채원은 그 이야기를 끝으로 급하게 집으로 돌아갔다. 채원이 자신과 윤슬의 사이에 대해 무언가 짐작하거나 알고 있다는 생각이 들었다.

'그래서 내게 직접 묻지 않고 현조 누나를 찾아간 걸까. 채원이의 진짜 마음은 무엇이었을까.' 우주는 바깥으로 나와 길 건너 채원이 자주 방문하던 무인 편의점과 그 앞에 놓인 벤치를 자세히 보았다. 몇몇 사람이 앉아 여름밤을 지키고 있었다. 우주는 채원이 걸어 올라갔던 길로 시선을 돌렸다.

'채원아, 네가 그 아이였니? 저 길을 따라 걸으면 널 만날 수 있을까?'

2

채원과 수옥은 밤이 되어서야 목적지에 도착했다. 창문을 열자 비릿한 바다 내음이 풍기고 파도 소리가 들려왔다.

"배고프지 않니?"

"조금요."

"근처 식당에서 포장해서 숙소에서 먹자꾸나."

채원은 희미한 미소로 대답을 대신한 뒤 창밖으로 시선을 돌렸다.

숙소인 작은 펜션은 바닷가 바로 앞에 있었다. 밤이라 창밖은 온통 암흑이었다. 채원과 수옥은 바닷가를 향해 놓인 식탁에 마주 앉아서 포장해 온 전복죽을 먹었다.

식사를 마친 수옥이 채원에게 차를 마실 거냐고 물었고 채원은 고개를 끄덕였다. 수옥이 찻물을 끓이는 동안 채원은 식탁을 정리했다. 깨끗해진 식탁 위에 수옥은 채원 몫의 따뜻한 허브티를 올려놓은 뒤, 씻고 나오겠다며 욕실로 들어갔다.

채원은 잔을 들고 멍하니 서 있다가 창밖으로 눈길을 옮겼다. 멀리 파도 소리가 이곳까지 전해졌다. 문득 바다가 보고 싶어 채원은 밖으로 나왔다.

바닷가 앞에 놓여 있는 벤치에 앉아 팔로 다리를 감싸 안았다. 밀려왔다 물러 나가는 파도가 보였다.

"채원아."

귓가에 닿은 수옥의 목소리에 채원이 고개를 옆으로 돌렸다. 휴대폰 불빛이 채원에게 드리웠다. 채원은 눈이 부셔 얼굴을 찡그렸다. 불빛이 사라지고 채원의 눈은 어둠에 익숙해졌다. 수옥이 옆에 앉자 샴푸 향이 풍겼다. 채원은 올려놓았던 두 다리를 벤치 아래로 떨어뜨렸다.

"좋구나. 밤바람도, 파도 소리도, 바다 냄새도."

수옥은 호로록, 소리를 내며 차를 마셨다. 채원은 말없이 바다만 보고 있었다. 수옥이 목소리를 가다듬고 입을 열었다.

"오늘 아침, 출근을 하고 기록실에 갔어. 한 달 동안의 사사로운 일을 말하고, 진짜 하고픈 이야기를 기록했지. 네 엄마 이야기를."

'엄마.'

채원은 머릿속에서 섬광이 이는 것 같았다.

"내가 네 엄마에 대해 말했던가."

채원은 고개를 가로저으며 어린 시절, 할머니 집에 혼자 있으면서 엄마를 기다렸던 때를 떠올렸다. 작은 소리와 움직임에도 예민하게 반응하며 엄마를 불렀던 순간을. 결국 엄마가 오지 않는다는 걸 알았을 때 오히려 마음이 편했다. 불안은 불확실한 시간에서 오는 것임을 알게 됐다. 시간이 지날수록 엄마는 투명해졌다. 마치 엄마와의 기억 같은 것은 애초에 없었다는 듯이. 채원은 엄마 얼굴이 떠오르지 않아 다행이라 여겼다. 처음부터 없었던 존재라고 생각할 수 있어서 정말 다행이었다.

그런데 이제 와 할머니가 엄마 이야기를 하려고 한다. 물론 막을 수 없었다. 싫으면서도 궁금했고, 거부하고 싶으면서도 알고 싶었다.

수옥은 보영의 어린 시절과 보영에게 걸었던 기대와 욕심, 대학 때 보영이 사라진 이야기를 담담하게 풀어놓았다. 긴 이야기를 듣는 내내 채원의 가슴에는 왠지 모를 통증이 느껴졌다. 그 아픔이 엄마를 향한 그리움 때문인지, 상처가 많았을 어린 엄마를 애틋해하는 마음 때문인지는 알 수 없었지만.

"돌이켜 보면 네 엄마를 키울 때도 그 아이의 이야기를 들어 본 적이 없는 것 같아. 아니, 들으려 하지 않았지. 난 늘 내 방식대로 그 애를 인도했으니까. 안전한 곳으로, 보영이가 그렇게 느끼는 곳이 아닌 내가 생각하는 안전한 곳으로 말이야."

수옥은 목이 마른 듯 차를 한 모금 마시고 말을 이어 갔다.

"사실은…… 네 엄마가 남겨 놓은 게 있어."

수옥은 주머니에서 편지 봉투를 꺼내 채원에게 전해 주었다. 놀란 채원이 떨리는 손으로 봉투 입구를 열었다. 엄마의 필체를 가만히 보다 글을 읽어 나갔다. 엄마는 자기 자신을 찾고 돌아오겠다고 했다. 채원에게는 사랑한다는 말을 전해 달라고 했다. 채원을 보면 발길이 떨어지지 않을까 봐 이렇게 떠난다고.

채원은 흔들리는 눈으로 수옥을 보았다.

"미안하다. 이제야 네게 주어서."

"……."

"사실 겁이 났어. 네가 날 원망할까 봐. 결국 그 아이를 떠나게 한 건 나였으니까. 보영이가 금방 돌아올 거라 생각했어. 하루 이틀 미루다 보니 이렇게 시간이 지나고 만 거야. 오랜 시간이 지나서야 알았어. 내 선택이 잘못되었다는 걸."

"……."

"네가 내게 왔을 때가 기회였는지 몰라. 다시 시작할 수 있는 기회. 하지만 그때도 알아채지 못했어."

"……무슨 뜻이에요?"

"네 엄마에게 하듯 너를 대했으니까. 나도 모르게 널 통해 나를 증명하려 했던 거야."

"할머니가 절 위해서 얼마나 많은 노력을 했는지 알아요. 전 할머니 뜻에 따르고 싶었어요."

"네가 원하지 않았는데도 나 때문에 애를 썼다는 거구나."

"꼭 그런 것만은 아니에요. 할머니가 곁에 있어서 좋았어요. 그러면서도 할머니가 날 두고 떠날까 봐 겁이 났어요. 엄마처럼요."

"채원아, 절대 그럴 일은 없어. 처음부터 네게 사실대로 이야기를 했어야 했는데."

채원은 할머니의 눈빛에서 쓸쓸함을 보았다. 거울 속 자신의 눈빛처럼. 오래전 교실에서 보았던 윤슬의 눈빛처럼.

"다른 건 몰라도, 이건 확실해. 네 엄마가 널 두고 간 건 네 탓이 아니라는 거. 나 때문이야. 내가 네 엄마에게 좋은 엄마, 좋은 어른이 되지 못했기 때문이야. 네 엄마는 꼭 돌아올 거야."

채원은 멀리 바다로 시선을 옮겼다. 파도 소리가 할머니의 숨소리를 삼켜 버렸다. 채원은 할머니의 존재를 확인하려는 듯이 할머니의 숨결에 귀를 기울였다.

"할머니."

채원이 수옥의 손을 잡았다. 따뜻한 체온을 느낀 수옥은 채원 쪽으로 고개를 돌렸다.

"네가 엄마를 너무 미워하지 않았으면 좋겠어. 너를 외롭게 해서 미안하다, 채원아."

채원은 말없이 수옥을 바라만 보았다.

이윽고 두 사람은 숙소 안으로 들어왔다. 채원은 방으로 들어와 침대 끝에 걸터앉았다. 채원은 엄마가 남긴 편지를 반복해서 읽으며 할머니가 들려준 이야기를 떠올렸다. 지워졌던 엄마의 모습이 조금씩 선명해졌다. 채원의 마음에서 작고 여린 엄마가 자라나고 있었다. 초등학교, 중학교, 고등학교, 대학교 시절의 모습들로.

'나는 엄마를 밀어내고 싶지 않았던 걸까. 내 마음속 꽁꽁 얼어 버린 외로움의 실체는 엄마였던 걸까.'

채원은 침대에 엎드려 눈물을 쏟아 냈다. 오늘 밤만큼은 마음껏 엄마를 그리워하고 싶었다. 스스로에게 거짓말을 하고 싶지 않았다.

다음 날 아침, 채원이 눈을 떴다. 거실로 나오니 수옥이 소파에 앉아 바닷가를 보고 있었다.

"잘 잤니?"

채원은 그렇다는 표시로 웃어 보였다.

"아침은 바닷가에 있는 식당에 가서 먹을까?"

"좋아요."

채원과 수옥은 바닷가 근처 식당으로 들어갔다. 휴가철이 끝난 뒤라 제법 한산했다. 수옥은 미역국과 생선조림을 곁들인 백반을 주문했다. 음식이 나오는 동안 둘은 창밖에 펼쳐진 푸른 바다를 바라보았다. 수옥이 채원의 얼굴로 눈길을 옮겼다. 두 눈이 많이 부어 있었다. 어젯밤 채원의 울음소리가 거실로 새어 나왔다. 수옥은 채원의 방에 들어가려다가 그만두었다. 충분히 울 시간이 필요하리라 생각했기 때문이다. 곧 식당 주인이 식탁에 음식을 올려놓고는 맛있게 드시라고 말한 뒤 돌아섰다. 채원과 수옥은 숟가락을 들었다.

먼저 식사를 마친 채원은 할머니를 기다렸다. 잠시 뒤 수옥도 숟가락을 내려놓았다. 둘의 눈이 마주쳤다.

"엄마 편지를 몇 번이고 읽었어요."

채원의 말에 수옥의 입 안이 바짝 말랐다. 수옥은 잔을 들고 물을 마셨다.

"엄마가 너무 미워서 내 마음에서 사라진 줄 알았는데, 아니었어요. 내가 엄마를 그리워하고 있다는 걸 알았어요."

"……"

"그렇다고 엄마를 완전히 이해할 수 있는 건 아니에요. 시간이…… 많이 필요할지도 몰라요."

수옥은 고개를 끄덕였다.

"그래. 당연한 일이야. 고맙다, 채원아."

두 사람은 밖으로 나와 근처 편의점에서 커피를 샀다. 수옥이 계산하는 동안 채원은 냉장고에 있는 커피우유를 보며 윤슬과 우주, 공기를 떠올렸다. 채원과 수옥은 밖으로 나와 모래사장을 거닐었다.

"채원아."

채원이 할머니를 돌아보았다.

"궁금한 게 있어. 기록을 남기지 못한 그날 현조를 만났다고 했지?"

"네⋯⋯."

"혹시 현조가 윤슬이 기록에 대해 이야기했니? 너에게 남긴 기록 말이다."

"윤슬이가 제게 남긴 기록요? 아뇨. 그런 말은 하지 않았어요."

"아, 그랬구나."

"그게 뭔데요?"

수옥은 어렵게 말을 꺼냈다.

"윤슬이 장례식이 끝나고 얼마 뒤, 라이프비욘드에서 연락이 왔었어. 사고가 있던 날, 윤슬이가 널 만나러 가기 전에 너에게 하고픈 이야기를 기록했는데 그 이야기는 너만 들을 수 있다고 했어. 보호자인 내게 먼저 의사를 물었지만 거절했지. 며칠 뒤 현조에게서 연락이 왔단다. 너를 만날 수 있게 해 달라고. 난 안 된다고 했어. 그땐⋯⋯ 너에게서 윤슬이를 떨어뜨리고 싶었거든. 그 아이에게서 벗어날 수 있도록. 그게 최선이라 여겼으니까."

채원은 수옥의 이야기를 들으며 라이프비욘드에서 만났던 현조를 떠올렸다.

"현조 언니가 전할 말이 있다고 했어요. 편할 때 보자고 하면서. 혹시 그 말이 윤슬이를 만나 달라는 이야기였을까요?"

"글쎄."

"만약 그렇다면…… 전 어떻게 해야 하죠?"

"네가 선택하렴. 진짜 네 마음이 가는 대로. 난 네 선택을 존중하고 따를 테니."

채원은 천천히 고개를 끄덕였다.

수옥은 바다를 향해 몸을 돌렸다. 철썩철썩, 파도가 밀려들었다 뒤로 물러났다. 채원과 수옥은 하얗게 부서지는 포말을 바라보면서 바닷가를 걸었다. 어느새 펜션 앞에 이르렀다. 수옥은 채원에게 혼자만의 시간을 주고 싶었다.

"난 들어가 쉬고 싶구나. 넌?"

"전 좀 있다 들어갈게요."

"그러럼."

채원은 수옥을 뒤로하고 바다를 바라보았다. 밀려왔다가 멀어지는 파도를 보자 윤슬에게 마음을 열게 된 날이 떠올랐다. 채원이 의기소침해 있던 순간 귓가에 이어폰을 꽂아 주고 신비로운 선율의 노래를 들려주던 윤슬. 채원은 주머니에서 에어팟을 꺼내 양쪽 귀에 꽂았다. 휴대폰으로 노래를 검색해 그때 그 노래를 재생시켰다. 귓가에 선율이 흘러들었다. 그날 교실에서 느꼈던 윤슬의 따스함이 스며들었다. 밀어내려 해도 어떤 식으로든 돌아오는 윤슬.

채원은 마이월드 안에 있는 섬에 접속했다. 사방이 물로 둘러싸인 작은 섬, 섬 한가운데 있는 바오바브나무, 나무 아래 냉장고.

채원의 아바타는 냉장고에서 커피우유를 꺼내 마셨다. 하늘에는 오로라가 펼쳐져 있고 섬 끝에는 가우디풍 성벽이 있었다. 고양이 공기가 성벽에 올라앉아 그루밍을 하고 있었다. 채원의 아바타는 냉장고의 냉동실을 열었다. 하얀 꽃잎의 국화꽃이 멈춘 시간처럼 얼어 있었다. 채원은 섬을 둘러보았다. 이상한 기분에 휩싸였다. 윤슬, 이 섬 어딘가에 윤슬이 있을 것만 같았다. 오로라, 구엘 공원 성벽, 커피우유, 고양이 공기, 바오바브나무.

이 섬은 혼자만의 세상인 줄 알았는데, 지금 와서 보니 윤슬과 함께 만든 공간이었다. 이제야 알았다. 윤슬을 많이 그리워하고 보고 싶어 한다는 걸. 그 마음을 밀어낸 건 채원 자신이었다는 걸. 엄마를 그리워하면서도 없는 존재라고 치부해 버린 것처럼.

채원은 마이월드에서 로그아웃하고 현실로 돌아왔다. 마음에서 불어오는 바람을 따라 시선을 옮겼다. 바다 물결 위에 빛이 반짝였다. 사람들은 저 빛을 윤슬이라 불렀다. 채원은 팔을 뻗었다. 자신을 감싸는 바람과 냄새를 잡으려는 듯이. 채원은 가상 현실에 있을 윤슬을 생각했다.

'윤슬아, 거기서 넌 어떤 모습이니. 보고 싶어. 널 만나고 싶어.'

채원은 이제 안다. 마이월드 안에 바람과 파도를 만들어 윤슬을 불러온 건, 자신이었다는 걸.

우주가 떠올랐다. 윤슬을 생각하면 저절로 우주가 따라왔다. 우주와 공기는 잘 지내고 있는지 궁금했다.

3

우주는 매 순간 편의점 창밖을 주시했다. 길 건너 무인 편의점과 그 주변을. 채원이 혹시나 그 앞을 지나치거나 벤치에 앉아 커피우유를 마시지 않을까 살폈다.

우주는 편의점 밖으로 나와 채원이 걸어 올라갔던 길을 따라 발을 내디뎠다. 길 끝에는 25층 높이의 아파트 단지가 있었다. 우주는 집들을 보며 여기 어딘가에 채원이 살고 있을지도 모른다고 생각했다. 여기까지 오는 데 십오 분이 채 걸리지 않았다. 그런데 이 길까지 오는 것이 왜 이리 힘들었을까.

우주는 윤슬과 채원을 생각했다. 자신은 알지 못하는, 그 아이들이 함께한 시간을. 채원이 안고 있을 미안함과 죄책감을. 우주는 채원에게 말해 주고 싶었다. 네 잘못이 아니라고. 우주는 그 말을 허공에 남기고 발길을 돌렸다.

"우주 왔니?"

풍경 소리와 함께 편의점 사장의 목소리가 들렸다.

"네."

"그만 들어간다."

우주는 사장님에게 궁금한 게 있었다.

"사장님."

"응?"

"뭐 좀 물어봐도 돼요?"

"얼마든지."

"예전에 알바 구할 때요, 저보다 실력이랑 조건이 좋은 사람들이 있었을 텐데 왜 절 채용하셨어요?"

사장은 기억을 불러오려는 듯 편의점을 훑더니 운을 떼었다.

"네 눈빛이 간절해 보였어. 붙잡아 주지 않으면 멀리 사라져 버릴 것처럼 불안해 보여서……."

"……."

"대답이…… 됐니?"

"네. 그때도 지금도 감사해요."

"낯간지럽게 왜 그러냐. 내일 보자."

"조심히 가세요."

사장은 웃으며 말하는 우주를 뒤로하고 편의점 밖으로 나갔다.

우주는 공기를 위한 캔 사료와 생수, 커피우유를 들고 밖으로 나왔다. 나무 아래 공기의 그릇에 캔 사료와 물을 담아 놓고 의자에 앉았다. '네 눈빛이 간절해 보였어.' 사장님의 목소리가 들리는 듯했다. 채원을 볼 때 우주도 그랬다. 그 애를 붙잡아 주고 싶었다. 윤슬처럼 놓치고 싶지 않았다.

"야옹야옹."

맑게 울던 공기가 꼬리를 바짝 세우고 다가와 우주의 다리 사이를 거닐며 냄새를 묻히고서야 사료를 먹기 시작했다.

"너도 채원 언니가 궁금하지? 네 간식을 챙겨 주던 언니 말이야. 못 본 지 일주일이 지났잖아. 나도 궁금해. 어디서 어떻게 지내고 있는지."

우주는 고양이 별에 있을 카오스 공기를 생각하며 숨을 들이마셨다. 공기가, 온몸으로 퍼져 나갈 수 있도록. 그 순간 우주는 비활성화시킨 자신의 SNS 계정이 떠올랐다. 조끼 주머니에서 휴대폰을 꺼냈다. 손이 빠르게 움직였다. 우주는 SNS로 들어가 잠들어 있는 @weightless 계정을 깨웠다. 바르셀로나에서 윤슬에게 보낸 메시지를 확인했다. 읽음 표시가 되어 있었다. 우주는 무언가 확신이 들었다.

'채원이가 이 글을 읽은 게 틀림없어. 그래서 오로라를 본 날, 구엘 공원 이야기를 듣고 현조 누나에게 나에 대해 확인을 해 보려고 한 거야.'

우주는 채원과 윤슬의 SNS 계정에 올라와 있는 세 장의 사진으로 눈길을 옮겼다. 아프리카의 바오바브나무, 옐로나이프의 오로라, 바르셀로나의 구엘 공원. 우주는 메시지를 작성하기 시작했다.

완성한 글을 보낸 뒤, 우주는 자신의 SNS에 세 장의 사진을 업로드했다. 바르셀로나에서 찍었던 구엘 공원 사진과 지금 이 순간, 나무와 고양이 공기와 커피우유가 담긴 사진. 마지막 한 장은 채원과 함께 보았던 오로라 사진 캡처본이었다. 이어 우주는 채원에게 전하고 싶은 마음을 한 글자 한 글자 적어 나갔다.

4

수옥과의 바닷가 여행에서 돌아온 지 일주일이 지났다. 그동안 채원은 혼자만의 시간을 가졌다. 순렛길을 걷는 여행자처럼 채원은 매일 긴 시간을 걸었다.

'서두르지 않아도 괜찮아. 시간을 갖고 마음을 정리해 보자. 나도 노력할 거야.' 어딘가에서 할머니의 목소리가 들려오는 것 같았다.

매일 엄마를 생각했다. 할머니가 들려주었던 엄마의 어린 시절과 지금 채원의 나이였을 때의 엄마에 대해. 엄마도 나처럼 아팠던 걸까. 잃어버린 시간을 찾고 싶었는지도 모른다. 맞닥뜨린 현실이 고통스러워 피하고 싶었는지도 모른다. 때때로 도망치고 싶었던 나처럼. 자기 자신을 찾기 위해 떠난 것이라면, 조금은 이해할 수 있었다.

생각에 잠겨 걷던 채원이 도착한 곳은 어느덧 다시 사고 현장이었다. 윤슬과 보낸 시간을 복기하면서, 자신이 놓쳐 버린 것이 무엇인지 생각하려 했다.

윤슬과 함께하고 싶었지만 누군가를 온전히 믿는 것이 두려웠다. 윤슬 역시 언제라도 등을 돌릴 수 있을 것이라 생각했다. 채원은 버려지는 일에 대한 두려움이 마음속에 도사리고 있었다는 걸 알았다. 우주에게서 멀어진 것도 그런 이유에서였다.

목이 말랐다. 채원은 벤치에 앉아 가방에서 생수를 꺼내 마시며 숨을 돌렸다. 그때 SNS에 메시지가 도착했다는 알림이 휴대폰 화면에 떴다. 채원은 의아해하며 메시지 내용을 확인했다.

안녕, 채원? 난 별말로 612 섬을 지키고 있는 우주야.

채원은 첫 문장을 읽자마자 낯선 장소에서 우주를 마주한 듯한 기분에 사로잡혔다. 반갑고 기뻤지만, 조금은 두려웠다. 채원은 마음을 다잡고 글자를 읽어 내려갔다.

채원아, 지금 넌 어떤 시간을 보내고 있니. 편의점에 왜 안 오는 거니? 난 바오바브나무 그늘 아래 있어. 공기에게 사료와 물을 챙겨 주고 너에게 편지를 써. 이 글을 보게 된다면 네가 무척 놀랄 것 같아. 하지만 내게는 이 방법뿐이야. 지금 너에게 닿을 수 있는 길이. 현조 누나가 왔었어. 네가 누나를 찾아갔다고 들었어. 누나에게 내가 윤슬이를 아는지 물었다고……. 너랑 이야기를 나누고 싶어.

난 오늘도 편의점 손님을 맞이하고 공기에게 사료와 물과 간식을 챙겨 줬어. 내가 바라는 건, 예전처럼 편하게 네가 별말로 612 섬을 방문해 주는 것뿐이야. 공기도 나도, 널 기다리고 있어.

채원은 긴 숨을 내쉬었다. @weightless는 우주였다. @weightless 계정의 편지는 우주가 윤슬에게 보낸 것이었다. 채원은 우주의 계정으로 들어가 피드를 살폈다. 게시물 세 개가 올라와 있었다. 구엘 공원과 어둠 속에서 환하게 불빛을 밝히고 있는 편의점, 그리고 오로라의 이미지였다. 두 번째 사진을 확대해 보니 고양이 공기가 바오바브나무 아래에서 편안하게 쉬고 있었다. 한여름에도 발등을 덮는 단화를 신은 우주의 발이 공기 옆에 나란히 놓여 있었다.

채원은 오로라 사진 아래 글을 읽어 나갔다.

평생을 기다려도 볼 수 없을지 모를 아이를 만난 날.
세상의 아름다움에 대해 이야기를 나누던 그날 밤.
나의 두려움을 잡아 준 아이.
내게 용기를 말해 준 아이.
나의 비밀을 알고 있는 아이.

나도 그 아이에게 용기가 되어 주고 싶다.

채원은 글을 읽고 또 읽었다. 언제나 먼저 다가와 준 윤슬처럼, 우주가 손을 내밀어 주고 있었다. 채원은 혼자가 아니라는 사실에 가슴이 울컥했다. 눈시울이 젖어 들었다. 채원 역시 우주의 손을 잡고 싶었다. 윤슬처럼 놓쳐 버리고 싶진 않았다. 채원은 자신을 기다려 준 우주에게 고마운 마음으로 게시물에 맨 먼저 '좋아요'를 눌렀다. 그러고는 벤치에서 일어나 편의점으로 향했다.

멀리 편의점이 눈에 들어왔다. 채원은 멈춰 서서 숨을 골랐다. 초록으로 무성한 나무와 공기의 숨숨집, 우주가 머물고 있는 별 말로 612 섬을 바라보았다. 이곳이 마치 외로울 때마다 찾던 마이월드 속 섬처럼 느껴졌다.

채원은 길을 건넌 뒤, 유리문을 밀고 안으로 들어갔다. 공기의 목소리와 닮은, 맑은 풍경 소리가 사방으로 번졌다. 채원은 포스기 앞에 서 있는 우주와 눈이 마주쳤다. 손에 휴대폰을 들고 있던 우주는 커진 동공으로 채원을 보았다.

"지금 확인했어. 네가 보낸 하트."

채원은 조금 어색했지만 반가운 마음이 더 컸다. 우주의 두 눈을 보며 입을 열었다.

"다시 만나서 반가워."

채원은 쑥스러운 듯 말을 건넸다.

"공기······ 보러 갈까?"

"좋아."

둘은 편의점 밖으로 나왔다. 바오바브나무와 공기가 있는 장소로. 채원은 공기를 찾기 위해 나무 주변을 살폈다. 공기는 보이지 않았다.

"기다리면 올 거야."

우주가 말했다. 둘은 나란히 의자에 앉았다

"우리 곁에 윤슬이가 있다는 거 알아."

채원이 먼저 말을 꺼내자 우주가 대꾸했다.

"응."

둘은 지나는 차들에 시선을 두며 잠시 침묵했다. 채원은 용기를 내 보기로 했다. 그날 어둠 속에 있었을 윤슬과 우주를 알기 위해서.

"너와 윤슬이의 시간에 대해 얘기해 줄 수 있어?"

채원의 조심스러운 목소리에 우주는 고개를 들었다. 나뭇잎 사이로 노랗게 비치는 가로등 빛 무늬가 우주의 얼굴에 드리웠다. 그 따스한 불빛 속에서 우주의 목소리가 들려왔다.

*

우주는 모든 게 보통인 아이였다. 평균 키에 평균 몸무게였고, 학교생활도 성적도 무난했다. 특별히 잘하는 것은 없지만 못하는 것도 없는 아이. 위험한 것은 적절히 피해 다닐 줄도 알았고, 자신이 할 수 있는 선 안에서 선택하되 할 수 없는 일은 시도조차 하지 않았다. 그래서인지 세상과 사람으로부터 상처를 덜 받았다.

그날 오후, 우주는 학원에 가기 위해 H 쇼핑몰 앞을 지나고 있었다. 어떠한 예고도 없이 순식간에 세상이 무너져 내렸고, 우주는 심연으로 추락했다.

무너진 돌 더미 사이에서 부유하던 먼지, 어둠, 희박한 공기, 텁텁한 냄새와 지독한 열기. 언제 무엇이 또 무너질지 모르는 두려움. 모든 것이 불안정했던 순간, 혼자뿐이라는 공포가 온몸에 엄습했을 때 낯선 목소리가 들려왔다.

"누구 없어요?"

가로막힌 돌 더미 너머에서 들려오는 희미한 음성. 우주는 놀라서 소리를 냈다.

"여기, 여기 사람 있어요!"

윤슬도 우주의 목소리를 들었다.

"같이 소리 질러요! 살려 달라고, 여기 사람이 있다고!"

둘은 힘을 모아 목소리를 높였다. 살려 달라고, 여기 사람이 있다고. 구조하는 사람들에게 간절함이 닿을 수 있도록. 하지만 소용이 없었다.

점점 지쳐 갔다. 우주에게는 그나마 팔다리를 움직일 만한 공간이라도 있었지만 윤슬의 상황은 달랐다. 한쪽 다리가 돌 더미 사이에 끼여 있었고 공간도 좁아서 자세를 바꿀 만한 틈이 없었다. 점점 힘을 잃어 가는 윤슬의 목소리를 듣고 우주는 자신보다 더 힘든 상황일 것이라 짐작했다.

둘은 어떻게든 살아야 한다는 생각으로 버텼다. 한 사람이 조용하면 다른 한 사람이 이름을 불러 주었다. 좋은 생각만 하자며 서로 다짐하고 약속했다. 살고 싶었다. 살기 위해서, 서로에게 살아 있다는 것을 증명하기 위해서 목소리를 내고 대화를 나누었다.

아무 응답이 없는 허무한 시간이 이어졌고, 기대는 차츰차츰 사그라들었다. 절망이 밀려와 포기하려던 순간마다 우주를 잡아 준 건 윤슬이었다.

"괜찮아?"

"응."

시간이 지날수록 윤슬은 힘을 잃었고 우주는 불안했다. 윤슬의 기척이 조금이라도 느껴지면 우주는 안심했다. 우주는 윤슬이 쉬기를, 힘을 비축하기를 바랐지만 윤슬은 시간이 얼마 남지 않았다고 생각한 듯 이야기를 쏟아 냈다. 그 이야기에는 현조와 고양이가 있었고, 엄마와 아빠가 있었다. 여행가가 되고 싶은 꿈이 있었고, 미래를 함께하고픈 친구가 있었다.

"우주야, 구조되면 넌 뭘 가장 먹고 싶어?"

"물. 넌?"

"커피우유."

"왜?"

"좋아하는 친구랑 같이 마시던 거야. 그 애도 나처럼 외로운 아이였거든. 그 애가 커피우유를 좋아했어. 지금 커피우유 생각만나. 여기서 그 애랑 만나기로 했는데 지금쯤 알겠지. 내가 사고당했다는 걸. 슬퍼하고 있겠지? 나중에 같이 오로라를 보러 가기로 했는데……. 언젠가 그 친구랑 영상을 본 적이 있는데 정말 아름다웠어. 오로라 보고 싶어. 우리 구조되면 꼭 보러 가자. 내 친구랑 함께. 살아서 꼭 같이 보자."

우주는 일분일초 한 치 앞을 가늠할 수 없다는 사실이 너무나두려웠다. 윤슬의 친구에 대해 생각할 여유가 없었다. 하지만 무엇보다 윤슬의 힘이 모두 빠져나갈까 봐, 그게 가장 무서웠다. 혼자 남게 될 것이 겁났다. 윤슬은 점점 말수를 잃어 갔다. 침묵하는시간이 길어졌다. 그래도 아주 느리게 가느다란 숨을 이어 가듯마지막까지 이야기를 했다. 윤슬의 목소리는 한 줄기 빛처럼 느껴졌다. 그 빛에 귀를 기울이며 우주는 흐릿하지만 분명한 희망을 떠올렸다.

그때 빛이 어둠 속을 뚫고 들어왔다.

"빛이야."

윤슬의 목소리였다. 우주는 분명 윤슬의 목소리를 들었다. 가늘던 빛이 점차 굵어졌다. 너른 빛의 장막이 바람에 휘날리듯 일렁였고, 이후의 기억은 사라졌다.

깨어났을 때 눈앞에 하얀 빛이 아른거렸다. 작은 빛이었다. 누군가 우주의 손을 잡고 있었다. 내가 누군지 아느냐는 목소리가 반복해서 들려왔다. 우주는 지금이 현실인지 꿈인지 분간할 수 없었다.

"우주야, 우주야."

울먹이는 아버지의 목소리가 점점 또렷해졌다. 몸은 움직일 수 없었지만 정신은 서서히 선명해졌다.

우주는 온전히 정신이 든 뒤에야 구조된 지 일주일이 지났다는 사실을 알았다.

세상은 윤슬을 Y라 부르고 있었다. Y는 우주가 있던 장소로부터 2미터 떨어진 곳에서 발견되었다고 했다. 윤슬의 장례식은 이미 끝난 뒤였다. 그날 밤, 우주는 밤새 눈물을 흘렸다.

아버지는 깨어난 우주를 끌어안고 기쁨의 눈물을 흘렸다. 우주 눈에 들어온 아버지의 얼굴은 초췌했다. 우주가 잠들어 있는 동안 택시 운전도 그만두고 아무것도 먹지 못한 채 오직 우주가 깨어나기만을 빌었다고 했다.

의사와 간호사가 우주를 격려하고 축하해 주었다. 우주는 그제 야 세상이 자신을 J라 부르고 있다는 것을 알았다. 우주는 J라는 이름이 낯설기만 했다.

세상은 J로 가득 차 있었다. 사람들은 J가 몸을 잘 회복한 뒤 다 시 일상으로 돌아가기를 빌어 주고 있었다. 병실 냉장고 안에는 우유가 가득 차 있었다. 우주는 사라져 버린 일주일의 시간을 알 고 싶어 인터넷 기사와 유튜브 영상을 찾아보았다.

영상 속에는 아버지가 있었다. 모자이크 처리가 되어 있었지 만 분명 아버지였다. 우주는 그날 처음 알았다. 얼굴의 이목구비 를 흐릿하게 해도 모든 걸 감출 수는 없다는 것을. 아는 사람의 고 유한 분위기는 화면을 뚫고 나와 고스란히 피부로 전해진다는 것 을. 동영상 속 아버지는 사람들에게 아들이 깨어날 수 있도록 기 도해 달라며 간절히 호소하고 있었다.

병실 냉장고 안에 우유가 가득 차 있는 까닭도 알게 됐다. 우주 가 구조되어 들것에 실려 있을 때 한 기자가 물었다. 지금 가장 먹 고 싶은 것이 무엇이냐고. 그때 우주는 작은 목소리로 우유,라고 말했다.

우주는 J라 불렸고 익명 처리가 되어 있었지만, 몇몇 유튜버가 우주를 찾아냈다. 우주가 사는 아파트, 우주가 다니는 학교와 학 원을 찾아가 주변인들에게 우주에 대해 질문하고 영상을 찍어 버 젓이 본인들 채널에 올렸다.

그들은 병원 근처까지 찾아와 우주를 만나 촬영하려고 했다. 우주의 의사와 상관없이 과거 일상이 J라는 이름으로 고스란히 노출되었고, 우주는 그 상황을 견딜 수 없었다.

J에게 후원금이 들어오기 시작했다. 아버지는 J를 대신해 후원자들에게 감사의 인사를 전했다. 우주는 여전히 혼란 속에 있었다.

두 달 뒤 우주는 퇴원을 했다. 집에 머물며 지내다가 9월에 다시 학교로 돌아갔다. 선생님들과 아이들은 우주에게 축하 꽃다발을 건네며 환영해 주었다. 우주는 기쁘고 감사했다. 그리고 정말이지 학교생활을 잘하고 싶었다. 아이들은 대학 수시 준비로 바빴다. 현실로 돌아온 우주는 무엇을 어떻게 시작해야 할지 몰랐다. 우주가 없는 동안 세상은 달라진 게 없었고, 모두가 바쁘게 일상을 살아 내고 있었다. 우주 역시 현재를 살아 내야 했지만 시간을 따라가기가 벅찼다.

몸은 교실에 앉아 있었지만 마음은 알 수 없는 곳을 헤매고 다녔다. 우주의 시간은 텅 비어 버렸다. 어느 때는 몸이 무척 가볍게 느껴지다가도 갑작스럽게 추락하듯 하염없이 내려앉았다. 작은 소리에도 민감하게 반응했고 어둠이 찾아오면 두려움에 휩싸였다.

아버지는 택시 운전을 하면서 우주의 상황을 살폈다. 일을 마치고 돌아오면 우주는 집에 없었다. 우주는 빛이 환한 동네 편의점에서 커피우유를 들고 우두커니 앉아 있었다. 우주를 발견한 아버지가 편의점 안으로 들어왔다.

"차려 놓은 밥은 먹지 않고 오늘도 이걸 먹은 거니?"

아버지는 우주에게 부드러운 웃음을 지었다. 그러곤 자신도 커피우유를 사서는 벌컥벌컥 마셨다. 아버지는 우주의 어깨를 감싸 안으며 용기를 북돋아 주었다. 우주가 현실로 돌아올 것이라 믿으며.

"많은 사람이 널 위해 애써 주었어. 네 대학 등록금까지 지원하겠다는 곳이 있어. 그러니까 우주야, 수시는 힘들지만 어쨌든 수능 시험이라도 쳐 보는 게 어떻겠니? 잘 보라는 게 아니라 일종의 경험, 세상으로 한 발짝 다가서는 경험으로 생각하고."

"……."

아버지의 다정다감한 목소리도 우주에게는 압박으로 느껴졌다.

며칠 뒤 우주는 학교에서 싸움을 일으켰다. 교실에서 한 아이가 지나가면서 우주가 사고로 특혜를 받았다는 듯한 뉘앙스의 말을 흘렸기 때문이다. 그 말은 우주의 마음을 송두리째 흔들었다. 우주는 일어나, 책상을 발로 밀어 버렸다. 책상은 드르륵 소리를 내며 그 아이의 허리를 쳤다. 아이는 고통스러운 듯 제 허리를 감싸 잡으며 우주를 노려보았다.

"이 자식이!"

아이는 참지 않고 우주를 덮쳤다. 우주는 달려드는 아이에게 주먹을 날렸다. 한번 터진 울분은 좀처럼 사그라들지 않았다. 아이의 입술이 터지고 코뼈에 금이 갔다. 그 모습을 촬영하는 아이들도 있었다. 우주는 눈에 불을 켠 듯 아이들의 휴대폰을 모두 빼앗아 벽과 바닥에 던져 버렸다.

한 아이가 교무실로 달려가 싸움을 알렸고, 선생님이 교실에 와서야 진정되었다.

그날 오후 아이의 부모와 우주의 아버지가 학교로 찾아왔다. 다친 아이의 부모는 학교폭력위원회를 열겠다고 했다. 아버지는 아이의 부모에게 사죄를 했다.

"사실 우리 아이가 싱크홀 사고로 아직 마음이 회복되지 않았어요. 제발 선처 부탁드립니다."

아버지는 고개를 조아리며 사과했고 우주는 현실을 부정하려는 듯 눈을 감아 버렸다. 우주가 사고에서 살아남은 아이라는 사실을 알게 된 다친 아이의 부모는 아버지의 부탁을 받아들였다. 아이의 엄마는 아련한 눈길로 우주의 얼굴을 보았다.

"귀한 삶을 얻었으니 착실히, 열심히 살아요."

아이 엄마는 우주의 어깨를 쓸어내리며 말했다. 그러곤 자기 아이를 데리고 교무실을 나갔다. 아버지는 그들의 등에 대고 몸을 수그리며 감사하다는 인사를 했다. 우주와 아버지가 교무실에서 나오자 부서진 휴대폰을 들고 온 아이들이 기다리고 있었다. 아버지가 나서서 아이들에게 사과를 했고, 모두 보상을 해 줄 테니 이 사실을 외부에 알리지 말아 달라고 부탁했다. 모든 상황을 지켜본 우주는 비참함을 느꼈다. 그 상황에서 벗어나고 싶을 뿐이었다.

그날 이후 우주는 학교에 나가지 않았다. 아버지는 우주를 설득했다.

"석 달만 버티면 졸업이야. 그 시간만 참으면 안 되겠니?"

"싫어요."

"그럼 휴학은 어떠니? 일 년 동안 마음 추스른 뒤에 다시 시작해 보면."

"싫어요."

"네가 원하는 게 뭐니?"

"자퇴요."

"자퇴는 안 돼. 일단 시간을 갖자."

이후 우주는 말없이 어딘가로 사라지곤 했다. 아버지는 일을 마치고 돌아와 우주를 찾으러 다녔다. 그 생활이 한동안 지속되었다. 아버지는 이러다가 우주가 영원히 사라져 버릴까 봐 두려웠다. 우주에게 라이프비욘드에서 하루하루 감정에 대해 기록해 보는 것이 어떻겠느냐고 물었다. 하고 싶은 말을 다 털어놓는다는 생각으로.

"누굴 위해서요?"

"널 위해서지……."

"제가 죽을까 봐요?"

"어떻게 그런 말을 하니?"

우주는 밤이 되면 창밖을 보며 물결 위에 일렁이는 빛의 조각

들을 떠올렸다. 그리고 그 빛을 찾아 서성거렸다. 환한 빛이 머무는 곳은 편의점들이었는데, 대부분이 무인 편의점이었다.

우주는 점점 집에서 멀어졌다. 길을 걷다가 숨을 돌리기 위해 우연히 들어간 편의점에는 사장이 카운터에 앉아 있었다. 사장과 눈이 마주친 우주는 냉큼 냉장고 앞에 다가섰다. 커피우유를 집고는 계산대 앞에 놓았다. 사장이 바코드를 찍는 동안, 우주는 창문 쪽으로 고개를 돌렸다. 창문에는 저녁 8시부터 오전 6시까지 시간대의 아르바이트생을 구한다는 종이가 붙어 있었다.

"제가 일을 해도 될까요?"

사장은 고개를 들고 우주의 얼굴을 보았다.

"학생인가요?"

"자퇴생인데요."

"자퇴생?"

사장은 가만한 눈빛으로 우주를 바라보았다.

"일단 이력서 써 오세요."

"알겠습니다."

다음 날, 우주는 이력서를 들고 편의점을 찾았고 사장은 우주를 채용했다. 우주는 저녁 8시부터 다음 날 아침 6시까지 편의점을 지켰다. 편의점을 찾는 사람들은 대개 인근에 사는 노인들이었다. 노인들의 느린 걸음과 말투가 왠지 모르게 우주를 안심시켰다.

가끔 창밖으로 노란색 택시가 지나갔다. 우주는 그 택시가 아버지의 차임을 알고 있었다. 하지만 아버지는 한 번도 편의점 안으로 들어오지 않았고, 우주 역시 편의점 앞을 지나는 아버지의 택시에 알은척을 하지 않았다. 아버지와 우주 사이에는 늘 마음의 거리가 존재했으며 그 간격은 일정하게 유지되었다. 우주는 편의점에서 여덟 달 동안 일을 하며 돈을 모았다. 그리고 서울에서 벗어나 바르셀로나로 배낭여행을 떠났다.

*

우주의 이야기가 끝난 뒤에도 채원은 윤슬과 우주가 함께했던 어두운 시공간에 머물러 있었다. 그 아득한 고통에 온전히 닿을 수 없어 부끄러웠다.

"힘들었겠다. 윤슬이도, 너도. 미안해. 해 줄 수 있는 게 이 말뿐이라."

채원의 목소리는 몹시 떨렸다.

"아니, 미안해하지 마."

채원의 흔들리는 동공이 우주에게 향했다.

"네 기억 속 윤슬이도 얘기해 줄 수 있어?"

이번에는 우주가 물었다.

"윤슬이는…… 밝고 빛나는 아이였어. 뭐든 잘하는 아이였고. 모두 윤슬이와 친해지고 싶어 했지."

"……."

"나랑은 다른 세계에 살고 있는 아이라고 생각했어. 그래서 윤슬이를 밀어냈는지 몰라. 그런데도 윤슬이랑 함께한 시간이 좋았어. 윤슬이는 내가 힘든 이야기를 할 때, 눈물을 흘릴 때 날 위로해 주었어. 행복했지만, 불안하고 두려웠어."

"왜?"

"내겐 누구에게도 사랑받지 못할 거라는 생각이 마음 깊이 뿌리를 내리고 있었던 것 같아. 사랑받는 방법을 알지 못했어. 행복한 순간에도 언제나 그 순간을 만끽하기보다 그 행복 때문에 더 깊어질 외로움에 대해 생각했어. 윤슬이는 나의 외로움 따위 알지 못할 거라고 여겼어. 사랑받는 아이는 사랑받지 못한 아이의 마음을 모를 테니까. 결국 그 애도 날 떠날 거라 생각했어. 엄마도 날 두고 사라졌으니까."

우주는 채원의 사정을 마음으로 응시하려 노력했다.

"너도 많이 힘들었겠다."

채원은 우주를 보며 웃었다.

"아직도 모르겠는 건, 윤슬이가 내게 다가온 이유야. 윤슬이는 왜 자길 밀어내는 내게 와 준 걸까."

채원은 머뭇거리며 우주를 바라보았다. 우주도 채원을 보았다.

"네가 떠났던 바르셀로나 구엘 공원, 떠나려는 옐로나이프. 모두…… 윤슬이의 세계였던 거야. 그렇지?"

"맞아."

"여기, 별말로 612 섬도 여행지 같아. 우린 여행지에서 만난 것 같아."

우주는 빛을 내뿜는 편의점과 우람한 나무를 눈으로 훑었다. 그리고 편의점에서 잠시 쉬어 가는 사람들을 떠올렸다.

"우리는 왜 여행을 떠나는 걸까."

우주가 물었다.

"돌아오기 위해서. 돌아오기 위해서 떠나는 거 아닐까."

"네가 돌아가고 싶은 곳은 어디야?"

우주의 질문에 채원은 골똘히 생각에 잠겼다.

"나. 진짜 나."

우주는 웃었다.

채원은 문득, 우주와 현조의 관계가 궁금해졌다.

"그런데 현조 언니는 어떻게 알게 된 거야?"

"누나가 날 만나고 싶다고, 생존자 가족 모임을 통해 연락을 해왔어. 아버지에게 전해 듣고 바로 만나고 싶다고 했어. 윤슬이 가족이라는 사실만으로도 내게는 만날 이유가 충분했으니까. 살아 줘서 고맙다고, 그 말을 해 주고 싶었대."

채원은 오래전 병원 복도에서 보았던 현조를 떠올렸다.

"사실, 나도 널 봤어."

"뭐?"

우주가 놀라 물었다.

"그때 나도 널 보러 병원에 갔었어. 문이 잠깐 열렸다 닫힌 순간, 네 뒷모습을 봤어."

"왜 날 보러 온 거야?"

"희망. 희망을 보고 싶었어. 모든 게 절망이었거든."

우주는 고개를 끄덕이며 희망에 대해 생각했다. 자신의 삶이 누군가에게 희망이 될 수 있다는 것을 그때는 알지 못했다.

"그런데 왜 현조 언니에게 말 안 했어? 너랑 윤슬이가 함께 있었다는 거."

"누구에게도 이야기하고 싶지 않았어. 나에 대해, 윤슬이에 대해, 우리가 함께한 시간에 대해. 세상이 마음대로 이야기를 만들어 낼 수도 있으니까. 좋은 얘기든 나쁜 얘기든 싫었어. 침묵하는 게 윤슬이를 진심으로 애도하는 거라 생각했어."

우주는 숨을 고르려는 듯 말을 멈췄고, 채원은 우주에게 힘을 주려는 듯 환하게 웃었다.

"우릴 만나게 해 준 건 윤슬이 같아."

"그런가. 그럴 수도 있겠다, 윤슬이라면."

채원은 고개를 주억거렸다.

"우주야, 고마워."

"뭐가?"

"내게 용기가 되어 줘서. 그래서 나, 진짜 용기를 낼 생각이야."

우주와 헤어진 뒤 아파트 단지 안으로 들어온 채원은 놀이터 벤치에 앉았다. 우주에게 말한 그 용기를 내기 위해서였다. 현조의 휴대폰 번호를 찾아 통화 버튼을 눌렀다. 곧, 채원을 부르는 현조의 목소리가 들려왔다.

"할머니에게 들었어요. 윤슬이가 남긴 이야기가 있다는……. 그리고 우주를 만났어요. 언니가 우주를 찾아갔다는 얘기도 들었고요."

"알게 됐구나. 그런데…… 네가 윤슬이를 만나면 윤슬이는 사라져."

"윤슬이가 사라진다고요? 라이프비욘드에서는 언제든 만날 수 있는 거 아닌가요?"

"맞아. 하지만 윤슬이는 만나면 데이터가 삭제돼."

휴대폰 너머로 현조의 숨소리가 들려왔다. 채원은 현조의 이야기를 기다렸다.

"윤슬이가 그걸 원했어."

"언니는요? 언니는 어떻게 하면 좋겠어요?"

"난…… 잘 모르겠어."

채원은 윤슬이 남긴 이야기를 듣고 싶었다. 하지만 이야기를 들으면 윤슬은 이제 완전히 사라진다. 채원은 시간이 필요했다. 현조도 마찬가지일지 몰랐다.

5

현조는 라이프비욘드 건물 안으로 들어와 카페 의자에 앉았다. 휴대폰을 검색해서 수옥의 번호를 찾아 전화를 걸었다. 수옥이 바로 전화를 받았다.

"안녕하세요. 저 현조예요."

"오랜만이구나."

"지금 로비에 있는 카페에 있어요. 사무실에 계시면 잠깐 뵙고 싶어요."

"그래? 내려갈게."

잠시 뒤 현조는 카페를 향해 걸어오는 수옥을 발견했다. 정장 차림에 단정하게 빗어 넘긴 머리와 곧은 허리. 예전 모습 그대로였다. 수옥은 자리에 앉았다.

"차는……."

"난 괜찮아."

현조는 미리 주문한 차를 한 모금 마시고 입을 열었다.

"며칠 전에 채원이한테 전화가 왔어요."

"그랬구나."

"모르셨어요?"

"응."

"할머니는 채원이에 대해서 모든 걸 알고 있는 줄 알았는데."

수옥은 짧은 미소를 지었다.

"채원이가 윤슬이를 만나고 싶다고 했어요. 윤슬이가 채원이에게 남긴 기록, 기억하시죠?"

"그럼."

"막지 않으세요?"

"채원이 뜻에 따를 거야. 진작 그렇게 했어야 했는데. 너와 채원이의 뜻을 존중할 거야."

"그렇게 알고 있을게요."

현조는 말간 눈으로 수옥을 보았다.

"할머니, 달라지신 것 같아요."

"너도 그래. 천안에서 지낸 것 같던데. 완전히 돌아온 거니?"

"아직…… 모르겠어요."

"네가 편안해지길 빌게. 가끔 연락하자꾸나."

현조는 웃으며 고개를 끄덕였다.

수옥과 헤어진 현조는 7층으로 올라와 회원 번호를 입력했다. 이제 남은 것은 '현조'와 '채원'이라는 카테고리뿐이었다. 현조는 깊은숨을 몰아쉬며 '현조'를 선택했다. 곧 8호실로 들어가라는 안내 문자가 떴다.

8호실에 들어온 현조에게 직원은 VR 기기를 장착해 주었다. 윤슬의 방이 눈앞에 펼쳐졌다.

현조는 주변을 살폈지만 어디에도 윤슬이 보이지 않았다. 벽에 걸린 시계는 밤 9시를 가리키고 있었고 창밖 역시 어두웠다. 현조는 곧 윤슬을 불렀다.

문이 열리고 윤슬이 방으로 들어왔다. 윤슬은 교복을 입고 있었다.

"왜 이렇게 늦었어?"

"엄마 아빠한테 다녀왔어."

"엄마 아빠?"

현조는 추모 공원을 떠올렸다.

"거긴 왜?"

"사실…… 나 한 달에 한 번 엄마 아빠 만나러 가곤 했어."

역시 알지 못한 이야기였다. 현조는 바닥을 응시하고 있는 윤슬에게 물었다.

"내게 하고픈 이야기가 무엇인지 듣고 싶어."

윤슬은 부드러운 눈길로 현조를 바라보았다.

"엄마가 떠나던 날, 언니는 보지 못했잖아. 엄마가 언니에게 전해 달라는 말이 있었어."

현조는 그날을 기억했다. 면접을 마치고 휴대폰을 확인하자 윤슬에게서 온 부재중 전화와 문자가 있었다. 바로 호스피스 병원으로 달려갔지만 엄마는 이미 떠난 뒤였다. 엄마 옆에 윤슬이 혼자 앉아 울고 있었고 현조는 무너져 내리듯 주저앉았다.

"엄마가 언니에게 미안하다고 했어. 사랑을 많이 주지 못한 것 같아서. 함께한 시간이 부족한 것 같아서. 그리고…… 사랑한다고 했어. 우리가 함께 의지하며 살아가길 바란다면서. 언니는 겉으로는 강해 보이지만 마음은 한없이 여리다고. 가끔은 뒤를 생각하지 않고 앞만 보고 달려간다고. 나는 신중하고 조심스러우니까 언니가 앞서갈 때, 곁에 있어 주라고. 천천히 갈 수 있도록. 옆도 보고 뒤도 볼 수 있게."

"그런 말을 했어? 엄마가?"

"그날 언니에게 얘기했어야 했는데 그러지 못했어."

"왜?"

"말해도 소용없다고 생각했어. 엄마가 떠나고 언니와 만날 시간이 없었잖아. 언니는 쉬는 날에도 친구 집에서 자고 왔으니까. 언니가 날 피하는 거 알고 있었어."

윤슬은 창밖으로 시선을 옮기곤, 얕은 숨을 내쉬었다. 그리고 다시, 현조의 눈을 뚫어져라 보았다.

"난 언니가 정말 좋았어. 언니가 하는 건 모두 다 대단해 보여서 언니를 따라 했지. 가끔 언니가 내게 냉정하게 굴 때 정말 날 미워하는 게 아닐까 생각했어. 언니는 오래전부터 날 귀찮아했잖아. 대학에 가서도 집에 잘 오지 않았고."

현조는 부정할 수 없었다. 그 모든 걸 알고 있었던 윤슬에게 미안한 마음이 들어 윤슬의 시선을 피했다.

"언니."

"……."

"내가 왜 열심히 공부하는지 알아? 스무 살이 되면 독립해야 하니까. 대학 가서 장학금도 받아야 하니까. 엄마까지 돌아가신 마당에 언니가 나랑 살 이유도 없고 어차피, 우린 각자 인생을 살아야 하니까. 그게 언니를 위한 거라고 생각했어. 혼자가 되는 연습을 미리 해 두는 것도 나쁘지 않다고. 하지만…… 외롭고 힘들었어. 무섭고 두려웠어. 단단해지고 싶은데 그게 안 됐어."

"……."

"언니……."

현조는 살아 있는 윤슬과 대화라도 하는 것처럼 응, 이라고 답했다.

"언제나 언니를 기다렸어."

현조는 윤슬의 쓸쓸한 눈빛에서 눈을 뗄 수 없었다. 돌이켜 보면 윤슬은 늘 같은 자리에 있었다. 아빠가 돌아가셨을 때도 엄마가 떠났을 때도. 반면 현조는 상처를 받지 않기 위해 멀어졌고 달아났다. 윤슬은 그런 현조를 기다리고 있었다. 윤슬은 무엇을 지키고 싶었기에 머물렀던 것일까. 윤슬이 여행가가 되고 싶었던 건 기다림에 지쳐서였을까. 현조는 윤슬을 떠나게 한 건 자신이었다는 생각에 마음이 아팠다. 현조는 윤슬에게 가까이 다가섰다.

"내가 왜 라이프비욘드에 기록을 남기고 싶었는지 알아?"

현조는 저도 모르게 고개를 가로저었다.

"혹시나 있을지 모를 나를 그리워할 사람들을 위해서. 엄마 아빠도 라이프비욘드에 머물러 있었으면 얼마나 좋았을까, 보고 싶을 때 볼 수 있잖아. 그런데 문득 그런 생각이 들더라. 만약 엄마 아빠가 여기 있었다면, 어쩌면 나는 엄마 아빠 생각에 아무것도 못 하고 있지 않았을까. 그래서…… 이제는 기록을 남기지 않으려고 해. 앞으로는 현실에서 사랑을 하고 사랑을 받고 싶어."

현조는 그제야, 윤슬이 기록을 삭제하겠다고 한 이유를 알 것 같았다.

"만약, 만약에 말이야. 언니보다 내가 먼저 세상을 떠나게 된다면, 혹시라도 내가 그리워서 라이프비욘드에 있는 날 보러 오게 된다면, 언니에게 꼭 하고 싶은 말이 있었어."

"무슨 말?"

"나를 언니 가슴에 간직해 줘. 그리고 언니는 언니 인생을 살아. 언니는…… 언니가 원하는 삶을 살게 될 거야. 멋지고 행복하게. 그렇게 될 수 있게 내가 빌어 줄 거야. 세상 어디에 있든 난 언니를 응원할 거야."

윤슬은 환하게 웃었다. 현조는 그 웃음이 슬퍼서 가슴을 쓸어내렸다. 윤슬에게 다가가 무릎을 꿇고 윤슬의 손을 잡았다. 잡히지 않는다는 것을 알면서도 만지고 싶었다. 너무나 간절하게.

"윤슬아, 그땐 나도 겁이 나고 무서웠어. 아빠가 떠날 때도 엄마가 떠날 때도, 난 어떻게 해야 할지 몰랐어. 그 마음을 너와 나누었다면 어땠을까……"

윤슬은 아무 말 없이 미소를 짓고 있었다.

"네 마음, 네 이야기. 잊지 않을게."

현조는 오랫동안 그대로, 그 상태로 있었다. 눈앞에서 윤슬과 윤슬의 방이 사라질 때까지.

집으로 돌아온 현조는 윤슬의 방으로 들어와 책꽂이에 있는 앨범을 꺼냈다. 한 장 한 장 넘기며 사진을 보았다. 엄마와 아빠, 윤슬과 함께했던 일상이 떠올랐다. 움직이는 걸 좋아하는 현조를 위해 주말마다 아빠는 공원에 가서 현조와 공을 주고받았고 자전거를 탔다. 넘어져 울 때면 윤슬이 다가와 작은 손등으로 눈물을 닦아 주었고 아빠는 현조를 일으켜 주었다. 현조가 힘들어할 때마다 잡아 준 아빠의 큰 손은 든든하면서 따뜻했다. 아빠와 윤슬로부터 사랑받았던 순간들이 존재하는데 어째서 잊어버린 걸까.

어느새 현조는 앨범의 마지막 장을 넘겼다. 그곳에 윤슬의 사진이 있었다. 파란 하늘 아래, 교복을 입고 있는 윤슬. 푸르른 하늘보다 맑은 미소를 담고 있는 윤슬.

현조는 지하철을 타고 경기도 외곽에 있는 추모 공원에 도착했다. 현조 품에는 집에서 가져온 윤슬의 유골함이 있었다. 주변은 숲으로 둘러싸여 있어 한적하고 조용했다. 움직임이 없는 풍경 때문인지 이곳의 시간은 서울의 시간과 다르게 흐르는 듯했다.

이윽고 봉안당 건물 안쪽으로 들어왔다. 그곳에 엄마와 아빠가 있었다. 엄마 아빠의 사진과 꽃이 한곳에 놓였다. 현조는 엄마 아빠 사진 옆에 있는 낯선 봉투를 발견했다. 봉안 칸 문을 열고 봉투를 꺼냈다. 그 안에 여러 장의 편지가 있었다. 윤슬이 한 달에 한 번 이곳에 올 때마다 남긴 글이었다. 현조는 엄마 아빠 사진을 가만히 내려다보다 말문을 열었다.

"엄마 아빠, 자주 찾아뵙지 못해 죄송해요. 하늘에서 잘 계신 거죠? 윤슬이와 함께요. 윤슬이와 같이 왔어요. 이제 윤슬이를 만나기 위해서는 이곳으로 와야 할 것 같아요. 엄마 아빠랑 윤슬이 바람대로 좋은 사람이 될게요. 행복하려고 노력할게요. 그곳에서 절 지켜봐 주세요."

현조는 가방에서 윤슬의 사진을 꺼내 엄마 아빠 사진 옆에 두었다. 엄마 아빠 그리고 윤슬이 현조를 보며 빛나게 웃고 있었다.

6

온라인 수업을 마치고 집에 돌아온 채원은 현관문 앞에 나란히 놓여 있는 베이지색 구두를 보며 신발을 벗었다.

채원은 집 안을 둘러보았다. 거실에도 부엌에도 할머니의 흔적이 없었다. 채원은 할머니 방문을 노크했다. 외출 준비를 마친 수옥이 방에서 나왔다.

"할머니, 어디 가세요?"

"저녁에 고객이랑 미팅이 있어서. 좀 여유가 있는데 차 한잔 마실까?"

"네."

채원이 손을 씻고 탁자 의자에 앉았다. 수옥은 준비한 홍차와 쿠키를 내려놓고 채원과 마주 보도록 자리를 잡았다. 채원은 쿠키 한 조각을 베어 물고 차를 한 모금 마시고는 수옥을 보았다. 그러고는 옅은 미소가 담긴 얼굴로 말문을 열었다.

"할머니는 꿈이 뭐였어요?"

"꿈이라니. 그런 건 왜 묻니?"

"제 꿈에 대해 생각하다가 문득 궁금해졌어요. 그런데…… 이
상했어요."

"뭐가?"

"한 번도 할머니에게는 젊은 시절이 있을 거라는 생각을 하지
못 했더라고요. 할머니에게도 저처럼 열여덟 살 때가 있었을 텐
데요."

"내 꿈은 선생님이었어."

"선생님요?"

"왜, 시시하니?"

"아뇨. 잘 어울려요."

"철없을 때 꿈이야. 노력한 적도 없어. 이만큼 살다 보니 알게
된 건데, 인생은 내가 선택한 일보다 선택하지 않은 일이 더 많이
벌어지는 것 같더라. 내게 주어진 상황을 어떻게 받아들이고 살
아가느냐가 중요하단 걸 알아 가는 과정이랄까."

"……."

채원은 말없이 미소를 지었다.

"꿈은 아닌데 바라는 건 있지."

"뭔데요?"

"멀어지는 거."

"무엇으로부터요?"

"너로부터. 멀어지기 위해서는 믿음이 필요하지. 그러니까……
난 널 믿는다는 뜻이야."

"기억할게요. 할머니가 절 믿고 있다는 걸요."

"그리고…… 보영이가 돌아오면 우리 셋이 함께 다정하게 이야
기를 나누는 거. 내 진짜 꿈은 이것인지도 모르겠다."

채원은 엄마 이름을 듣자마자 고개를 숙였다. 탁자 위를 물끄러
미 내려다보다 수옥과 시선을 마주쳤다.

"엄마 이야기를 알고 난 뒤 내내 생각했어요. 엄마는…… 아직
여행 중이라고요."

"여행?"

"자신을 찾기 위한 여행을 떠난 거라고 생각했어요. 조금 멀리
떠나 있어서 돌아오는 데 시간이 오래 걸릴 수 있겠죠."

채원은 수옥의 눈에 고여 있는 슬픔을 보았다.

"조금 전, 할머니가 그랬죠. 인생은 내게 주어진 상황을 어떻게
받아들이고 살아가느냐가 중요한 것 같다고요."

"……."

"엄마를 이해하려고 노력하고 싶어요. 시간이 지나서 어른이
되었을 때 엄마의 여행을 이해할 수 있는 사람이 되었으면 좋겠
어요."

"그래, 어려운 일이지. 넌 대단한 결심을 한 거야."

채원은 부엌 창문 너머로 눈길을 돌렸다. 수옥이 채원에게서 멀어지고 싶은 것처럼, 채원도 엄마에게서 멀어지고 싶었다. 엄마는 세상 어딘가에서 엄마의 인생을 열심히 살아가고 있을 거라 믿고 싶었다.

"한 가지 궁금한 게 있는데."

"뭔데요?"

"그 애, 너랑 좋아하는 게 비슷하다던 그 아이에 대해 얘기해 줄 수 있니?"

채원은 우주를 생각했다.

"그 애 이름은 최우주예요. 골목 아래 유인 편의점에서 알바를 하고 있어요."

채원은 우주와 윤슬에 대한 긴 이야기를 풀어놓았다. 이야기를 다 듣고 난 수옥은 한동안 말이 없었다.

"참 신비로운 일이구나. 어떻게 그렇게 만날 수 있지?"

"아무래도 윤슬이가 우리를 만나게 해 준 것 같아요. 서로에게 힘이 되어 주라고요."

수옥이 웃음 띤 얼굴로 채원을 보았다.

그때 채원의 휴대폰이 울렸다. 채원은 주머니에서 휴대폰을 꺼냈다. 현조였다.

"받아 봐."

채원은 통화 버튼을 누르고 여보세요,라고 말했다.

"오랜만이야, 채원아. 그동안 잘 지냈니?"

"네."

"네게 하고 싶은 말이 있어서 전화했어."

"……."

채원은 마른침을 삼켰다.

"윤슬이를 만나 줘. 윤슬이가 널 기다리고 있을 거야. 우리가 윤슬이를 위해 해 줄 수 있는 일이야."

"제가 만나면 윤슬이는 사라지잖아요."

"며칠 전에 윤슬이를 만났어. 사라지는 것 역시 윤슬이가 원하는 거였어. 붙잡아 두고 간직하고 잊지 않는 것만이 용기인 줄 알았는데 떠나가는 것, 내려놓는 것도 용기라는 걸…… 윤슬이를 통해 알게 되네. 윤슬이 바람대로 해 줘."

"……."

"아, 그리고 라이프비욘드에서 우연히 만난 날, 네게 하고 싶은 말 있다고 했던 거 기억하니?"

"네."

"미안하다고 말하고 싶었어."

"네?"

채원이 조금 놀라 물었다.

"윤슬이 장례식장에서도, 그 이후에도…… 미안한 마음이었어.

그땐 내가 감정이 앞섰던 것 같아. 윤슬이를 만나고 알았어. 얼마나 외로운 아이였는지. 사랑받기 위해서 얼마나 많은 노력을 했는지. 그리고 네가 윤슬이에게 얼마나 소중한 아이였는지."

"언니……."

"라이프비욘드에 얘기할게. 날짜는 정해지면 전해 줄게. 건강하게 잘 지내."

"네. 언니도요."

현조는 전화를 끊었다.

"현조가 무슨 이야기를 했니?"

수옥은 휴대폰을 탁자 위에 내려놓는 채원에게 물었다. 채원은 현조와 나눈 이야기를 수옥에게 전했다. 채원은 우주를 생각했다. 우주도 윤슬이를 만나고 싶어 하지 않을까.

"할머니, 우주도 윤슬이를 만날 수 있어요?"

"가족과 네가 동의를 하고 비용을 지불하면 윤슬이 기억에 대한 열람 정도는 할 수 있을 거야."

채원은 고개를 끄덕였다.

늦은 밤, 채원은 편의점 뒤편을 향해 걸었다. 바람이 불었고 나뭇잎이 일제히 흔들렸다. 팔랑거리는 이파리를 보며 채원은 의자에 앉았다. 공기는 보이지 않았지만 가방에서 간식 봉지를 꺼내 흔들었다. 바스락거리는 소리를 들었는지 어디선가 야옹야옹, 공기의 울음소리가 들려왔다. 어느새 공기는 채원의 다리 사이를 오가며 반가움을 표현했다. 채원은 살에 닿은 공기의 온기에 온몸이 따뜻해지는 것 같았다. 채원이 공기를 향해 손가락을 내밀자 공기가 코를 가져다 댔다.

"공기야, 날 기억해 줘서 고마워."

채원이 공기 밥그릇에 간식을 놓자 공기는 오도독오도독 귀여운 소리를 내며 간식을 먹었다.

톡톡, 유리창 두드리는 소리에 채원이 고개를 돌렸다. 편의점 창가에 붙어 서 있는 우주는 입 모양으로 편의점 안으로 들어오라고 했다.

"이 밤에 무슨 일이야?"

우주가 물었다.

"네게 들려줄 이야기가 있어서."

우주는 눈썹을 가운데로 모았다.

"아마 윤슬이를 곧 만날 수 있을 것 같아. 라이프비욘드에 있는……."

우주는 놀란 표정을 지었다.

"오래전에 윤슬이랑 라이프비욘드에 대한 이야기를 주고받았어. 윤슬이는 기록을 남기고 싶어 했지. 이유를 묻자 언젠가 자신을 그리워할지도 모르는 사람을 위해서라고 말했어."

"……."

"윤슬이 만나고 싶지 않아?"

"……."

"너도 윤슬이가 그립잖아."

"나도…… 만날 수 있어?"

"열람은 할 수 있대."

"그래?"

우주의 얼굴에 은은한 미소가 번졌다. 우주는 유리창 너머로 하늘을 쳐다보았다. 바람이 불고 나뭇가지가 흔들렸다. 그 사이로 지나는 한 줄기 빛을 본 것만 같았다.

편의점에서 나온 채원은 터벅터벅 길을 걸어 지하철역으로 향했다.

지하철을 타고 도착한 곳은 H 쇼핑몰 역이었다. 채원은 역 밖으로 나왔다. 분수대 인근은 한산했다. 근처를 둘러보니 바닥 분수 운영이 중단되었다는 내용의 현수막이 걸려 있었다.

채원은 분수대 가운데 서서 눈을 감았다. 깊은 어둠 속에 있었을 윤슬과 우주를 떠올렸다. 몸에 가느다란 바람이 닿았다. 바람은 지구를 벗어나지 않는다. 잠잠해졌다 거세지기를 반복할 뿐이다. 여행자들처럼 세상을 돌고 돌 뿐이다. 지난날 윤슬과 함께했던 바람도 사라지지 않을 것이다. 윤슬과 나눈 시간과 바람은 영원할 것이라 믿으며 채원은 숨을 크게 들이마셨다.

7

"어디 보자."

채원은 흰색 반팔 셔츠에 남색 반바지를 입고 있었다. 수옥은 채원의 옷매무새를 가다듬은 뒤, 한발 물러섰다.

"윤슬이를 만나러 가기 위해 딱 좋은 복장이구나."

마침 채원의 휴대폰이 울렸다. 우주였다. 채원이 전화를 받았다.

"도착했어."

"우리 1층 로비에 있어."

"들어갈게."

수옥은 가까이 다가오는 우주를 보며 채원이 들려주었던 이야기를 떠올렸다.

"안녕하세요?"

우주는 꾸벅 인사를 했다.

"우주 군이죠? 채원이한테 얘기 들었어요."

"말 편하게 하세요."

"다음부터 놓을게요. 만나서 반갑고 앞으로도 채원이랑 잘 지냈으면 좋겠어요."

우주는 웃으며 네,라고 답했다.

"나는 이만 가 볼게. 고객과 약속이 있어서. 윤슬이 잘 만나고 오렴."

수옥은 채원의 어깨를 어루만져 주었다.

채원과 우주는 5층으로 올라왔다. 채원은 긴장감을 떨쳐 낼 수 없었고 기분이 이상했다. 머릿속이 텅 빈 것 같았다. 우주도 마찬가지였다. 직원이 그들을 기다리고 있었다. 직원은 채원이 윤슬을 만나는 동안 우주가 일부 기록을 열람할 수 있다고 했다.

"들을 수 있는 메시지는 많지 않을 겁니다. 채원 님에게 전하는 사적인 내용이 대부분이기 때문이에요."

"괜찮아요. 윤슬이를 만나고 목소리를 들을 수 있는 것만으로도 충분해요."

우주는 채원에게 윤슬과 잘 만나고 오라고 말한 뒤, 직원을 따라 열람실로 향했다. 채원은 7번 방으로 들어갔다. 대기하고 있던 직원이 채원에게 VR 기기를 착용해 주었다.

황토색 흙길이 눈앞에 펼쳐졌다. 멀리 바오바브나무들이 길게 심어져 있었다. 눈부신 햇살 속에 바람이 살랑였다. 머리카락이 흔들리며 얼굴을 스치고 지나갈 때마다 귓불이 간지러웠다. 채원은 앞으로 나아갔다. 뒷모습이 익숙한 아이가 나무 아래 서 있었다. 윤슬이었다. 채원은 가슴이 두근거려 마음을 다잡을 수 없었다. 숨을 깊게 몰아쉬며 윤슬에게 다가섰다.

"윤슬아."

채원의 목소리는 바람처럼 흔들렸다.

윤슬은 웃으며 뒤를 돌아보았다. 채원의 눈앞에 서 있는 윤슬은 일 년 전 모습 그대로였다. 채원처럼 흰 반팔 셔츠에 남색 반바지를 입고, 앞머리가 속눈썹에 닿아 있었다. 바람이 일 때마다 머리카락이 한쪽으로 흔들려 동그란 이마가 드러났다. 채원은 헷갈렸다. 자신이 시간을 거슬러 과거로 돌아간 것인지, 과거의 윤슬이 미래로 넘어온 것인지.

"이거 맞지? 아프리카 바오바브나무. 우리 같이 보러 가기로 약속했던 나무."

윤슬의 말에 채원은 고개를 들고 바오바브나무를 쳐다보았다. 건조한 기후에서 살아남기 위해 천천히 오래 자라는 바오바브나무. 메마른 땅에서 물을 얻기 위해 뿌리를 깊게 내리며 자라는 바오바브나무

채원과 윤슬은 우람한 바오바브나무 아래에 나란히 앉았다. 온도는 높지만 습도가 낮아 바람이 시원했다. 윤슬과 함께 있기 때문인지 열일곱 살, 그때의 바람과 냄새가 느껴졌다. 채원은 이 상황이 어색하고 이

상했다. 반면 윤슬은 무척이나 편안해 보였다.

"널 만나고 싶었어."

윤슬은 채원의 눈을 뚫어져라 보며 말했다. 채원도 윤슬에게 시선을 돌렸다.

"어디서부터 이야기를 해야 할까."

윤슬은 볼에 닿은 머리카락을 귀 뒤로 쓸어 넘기며 말을 이어 갔다.

"우리 처음 만났던 장소, 기억해?"

"1학년 1반 교실?"

"학교 매점."

채원은 의아했다. 기억을 더듬어 자판기가 들어선 무인 매점을 떠올렸다.

윤슬이 말을 이어 갔다.

"그날, 배정된 교실에 가기 전에 우린 학교 매점에서 만났어. 아침 일찍 학교에 가느라 배가 고파서 매점에 갔는데 네가 있었어. 넌 벽을 보고 앉아 커피우유를 마시며 휴대폰 화면을 보고 있었지. 자세를 고쳐 앉고는 휴대폰을 의자에 올려놓고 커피우유를 마셨어. 먼 곳을 바라보는 너의 눈빛이 쓸쓸해 보였어. 그래서 네게서 눈을 뗄 수 없었나 봐. 종이 울리자 넌 급히 매점을 나갔는데, 네가 앉아 있던 자리에 휴대폰이 그대로 있었어."

채원은 그날의 기억을 더듬어 보았다. 아무리 찾아도 휴대폰이 없어서 수업 내내 집중을 할 수 없었던 시간을. 점심시간에 윤슬이 휴대폰을 빌려줘서 전화를 했고, 매점을 관리하는 직원이 전화를 받아서 찾으러 갔었다. 휴대폰을 들고 매점 밖으로 나왔을 때 윤슬이 채원을 기다리고 있었다. 윤슬과 커피우유를 마시며 교실로 돌아왔다. 그때 불었던 따뜻한 바람은 스쳐 지나가는 바람일 뿐이라고 생각했다.

"이상하지 않았어? 휴대폰을 잃어버린 건 오전이었는데 찾은 건 오후였잖아. 그 몇 시간 동안 휴대폰이 어디에 있었다고 생각했어?"

채원은 매점 관리 직원이 뒤늦게 발견한 게 아니었을까 여겼다.

"내가 갖고 있었어."

"네가?"

채원은 저도 모르게 목소리를 높였다.

"그날 난 너의 비밀 섬을 봤어. 휴대폰을 확인했을 때 잠금이 풀려 있었고, 마이월드 속 너의 작은 섬이 고스란히 펼쳐져 있었거든."

채원은 믿을 수가 없었다. 그곳을 윤슬이 보았다는 것을.

"사방이 바다에 둘러싸여 있는 황량한 섬에 작은 냉장고와 함께 있는 너, 그리고 그곳에 있던 너의 이야기를 봤어. 냉동실에 있던 너의 글 말이야. 얼어 있던 너의 외로움, 시린 외로움이 내 마음까지 전해졌어. 나와 마음이 통하는 친구가 될 수 있지 않을까 생각했어. 왜냐하면 나도 외로웠으니까. 우리 둘이 함께라면 얼어붙은 외로움을 녹일 수 있지 않을까 생각했어. 하지만, 넌 내가 다가갈 때마다 선을 긋는 것 같더라. 네가 냉장고 안에 넣어 둔 책도 봤어. 그 책을 읽고 맹키에 군도에 대해 알게 됐지. 너와 친해지기 위해서 진로 수업 시간에 여행가가 되고 싶다고 했고, 맹키에 군도에 대해 이야기한 거야. 그렇게 해서라도 너랑 가까워지고 싶었으니까."

"진짜야? 내가 뭐라고? 왜 나랑?"

"난 매 순간 활달하고 밝은 척을 했어야 했어. 그래야 아이들에게 관심을 받을 수 있고 덜 외로우니까. 스무 살이 되면 혼자가 되어야 하는데 그 방법을 알지 못했어. 하지만 넌 알고 있는 것 같았어. 내게 너의 섬은, 외로우면서도 견고한 공간처럼 보였거든."

채원은 이제야 알았다. 윤슬이 자신에게 다가와 준 이유를.

윤슬은 채원의 손을 잡으려 했다. 채원은 그 자리에서 움직일 수 없었다. 채원은 무감한 촉각에 움찔했다. 아무것도 느껴지지 않는데도 점점 손끝이 뜨거워졌다. 윤슬의 체온이 전해지는 것처럼.

"네가 너의 섬에 날 초대해 주길 바랐어. 내게 너를 좀 더 보여 주길 기다렸어. 아이들 사이에서 너의 엄마가 돌아가신 게 아니라는 소문이 돌았을 때 넌 날 피했지만 난 상관없었어. 네 마음을 이해할 수 있었으니까. 나도 마찬가지였으니까. 하지만 넌 언제나 멀리 있었지. 그게 난 너무 서운했나 봐. 그래서 너와의 공연 약속을 저버리고 다른 아이들과 놀이공원에 갔어. 유치한 방법인 줄 알면서도. 널 속상하게 하고 싶었어. 그리고 바로 후회했지. 오늘, 널 만나면 모두 다 이야기할 거야. 모두 다. 오해를 풀고 다시 친구가 되자고 말할 거야."

윤슬이 말한 '오늘'은 그날이었다. 사고가 일어난 날. 이제는 돌아가지 못할 시간. 채원은 윤슬의 진심을 몰랐던 것이 후회스러웠다. 마음이 꼬깃꼬깃 접히듯 아팠다.

"미안해, 윤슬아. 네 마음을 온전히 받아들이지 못해서. 그날 약속 시간에 나갔어야 했는데. 널 기다리게 하지 말았어야 했는데. 미안해. 너무 미안해. 난 하나도 견고하지 않아. 나 역시 외롭고 힘들었는걸. 누군가를 믿는 일이 가장 어려웠으니까. 나의 외로움을 알아봐 준 너조차도 믿지 못했어. 네게 좀 더 솔직했으면 좋았을 텐데. 용기를 가졌으면 좋았을 텐데."

채원은 감정이 북받쳐 견딜 수가 없었다.

"널 만나러 가기 전에 마지막으로 진실을 털어놓고 싶었어. 겁도 났지만 다 얘기하니까 후련해. 널 만나러 가는 길이 덜 초조할 것 같아. 난 오늘을 마지막으로 더는 기록을 남기지 않을 거야. 앞으로는 이곳이 아닌 진짜 현실에서 솔직해질 거야. 너에게도, 언니에게도, 앞으로 만날 누군가에게도."

바람이 불어왔다. 세상을 돌고 돌던 바람이 이 세계까지 닿은 것 같았다. 햇살도, 윤슬의 손도 따뜻했다. 채원은 마음이 살아 움직이는 것 같았다. 이 느낌은 진짜였다. 지금의 감각과 감정만큼은 부정할 수 없었다.

채원은 윤슬을 바라보았다. 윤슬은 지금까지 한 이야기는 전부 잊은 듯 웃고 있었다. 다정하고 편안하게.

"구엘 공원과 옐로나이프……. 정말 너와 함께 가고 싶어. 더 넓고 아름다운 세계를 만나고 싶어. 저기, 가 보자. 나무 너머."

윤슬이 손을 내밀었다. 채원은 윤슬의 손을 잡았다. 감촉이 느껴지지 않았다. 그런데도 따뜻했다.

둘은 언덕을 올랐다. 윤슬과 채원은 언덕 위에 이른 뒤 멀리로 시선을 옮겼다. 주홍빛 노을이 하늘에 펼쳐져 있었다.

"이제 널 만나러 가야지. 진짜 네가 있는 곳으로. 기다릴게. 네가 올 때까지."

윤슬이 채원을 보며 말했다.

'내가 올 때까지 기다린다고?'

채원은 그날, 자신을 기다리고 있었을 윤슬의 간절한 마음을 짐작했다. 눈시울이 뜨거워 고개를 들 수가 없었다. 채원은 윤슬에게 눈물을 보이고 싶지 않았다. 윤슬은 앞으로 나아가 채원으로부터 서서히 멀어졌다. 채원은 그 모습을 말없이 지켜보았다. 윤슬이 몸을 돌려 환하게 웃었다.

"잘 가, 윤슬아. 나도 기다릴게. 언젠가 우리가 다시 만날 그날을."

채원이 손을 흔들었다. 윤슬의 웃음은 반짝이는 빛무리로 변하더니 사방으로 부서지며 노을 속으로 흩어져 사라졌다.

8

채원은 VR 기기를 벗었다. 하지만 눈을 뜰 수 없었다. 눈앞이 어떤 모습일지 알기 때문이었다. 현실에는 윤슬이 없을 터였다. 채원은 참았던 울음을 터뜨렸다. 한참이 지난 뒤 직원이 다가와 괜찮으냐고 물었고, 채원은 네,라고 답했다.

채원은 직원과 함께 7번 방에서 나왔다. 기다리고 있던 우주가 채원에게 다가왔다. 우주는 채원의 충혈된 눈을 걱정 어린 얼굴로 바라보았다.

"괜찮아?"

우주의 목소리에 채원은 고개를 끄덕였다.

"열람은 어땠어?"

"진짜 살아 있는 윤슬이를 봤어. 윤슬이는 라이프비욘드가 아닌 진짜 현실에서 솔직해지겠다고 했어. 너에게도, 현조 누나에게도, 그리고 앞으로 만날 누군가에게도. 앞으로 만날 그 누군가가, 나였을지 모른다는 생각이 들었어. 그래서 내게 이야기를 들려주 었던 걸까."

"윤슬이는 늘 순간순간 최선을 다했던 것 같아. 후회하지 않으려고."

"응."

채원과 우주는 서로의 눈을 보며 무언의 대화를 나누었다.

"채원아, 우주야."

현조의 목소리에 채원과 우주는 고개를 돌렸다.

"윤슬이 잘 만났니?"

"네. 윤슬이는 이제 가상 현실에 없는 거죠."

현조가 고개를 끄덕였다.

"윤슬이 마지막 이야기……."

"아니, 채원아. 말하지 않아도 괜찮아. 네게 해 주고 싶은 이야 기였을 테니까."

현조는 가슴에 손을 얹으며 옅은 미소를 지었다.

셋은 라이프비욘드 건물 밖으로 나왔다. 현조는 아르바이트를 가야 한다며 언제 다 같이 밥을 먹자고 말했다. 그러고는 손을 흔 들며 채원과 우주로부터 멀어졌다. 채원과 우주는 현조의 모습이 보이지 않을 때까지 그 자리에서 움직이지 않았다. 우주는 주변을 둘러보았다. 지나가는 버스와 오가는 사람들, 녹음이 짙은 가로수. 일상의 풍경이었다. 그런데도 왠지 모르게 새로웠다.

"우주야?"

우주는 채원을 보았다.

"너의 다음 여행지는 어디야? 어디로 가고 싶어?"

"글쎄……."

채원은 우주가 가고자 하는 곳을 알고 싶었지만 더는 묻지 않았다. 우주에게는 시간이 필요할지 모르니까.

"정해지면 꼭 알려 줘."

우주는 고개를 끄덕였다.

9

우주는 편의점을 오가는 사람들을 자세히 보는 습관이 생겼다. 하루의 고단함을 잠시 내려놓고 숨을 돌리기 위해 이곳을 찾는 사람들을. 머물렀다 떠나는 모든 이들이 여행자처럼 느껴졌다.

우주는 밖으로 나와 바오바브나무 아래에 있는 의자에 앉았다. 공기가 다가와 우주의 무릎 위로 살포시 뛰어올랐다.

"야옹."

공기가 소리를 내며 두 눈을 깜박였다. 우주는 공기의 미간과 목덜미를 부드럽게 쓸어내렸다. 다음 여행지가 어디냐는 채원의 물음이 떠올랐다.

그 순간, 우주의 휴대폰에서 알람이 울렸다. 우주는 휴대폰을 살폈다. SNS 알림음이었다. 누군가 '좋아요'를 눌렀다는 표시였다. 좋아요를 누른 사람은 아버지였다. 놀란 우주는 아버지의 SNS

계정을 확인했다. 그 안에 쌓여 있는 아버지의 일상을.

아버지의 계정은 @space_explorer, 우주 탐색자였다. 아버지의 피드에는 우주 사진들이 즐비했다. 광활한 검은 우주 안에 별들이 반짝이는 사진부터 태양과 달과 화성, 금성, 낯선 행성의 사진들이 이어졌다. 우주가 그동안 여행지에서 보냈던 사진도 있었다.

우주는 그제야 알았다. 택시를 운전하는 아버지의 목적지는 언제나 우주였다는 것을.

우주는 휴대폰을 내려놓을 수 없었다. 금방이라도 아버지에게서 전화가 올 것만 같았기 때문에. 하지만 휴대폰은 잠잠했다. 늘 그래 왔듯이 아버지는 우주를 기다리고 있을 것이다. 우주는 공기를 내려다보았다.

"공기야, 아무래도 다음 여행지는……."

공기는 우주의 말을 알아들은 듯, '야옹'이라 답해 주었다.

우주는 메일 앱을 열고, 아버지에게 편지를 쓰기 시작했다.

아버지, 저 우주예요. 건강히 잘 지내고 계시죠?

사실, 저는 지금 바르셀로나가 아니라 한국에 있어요.

아버지는 다 알고 계셨죠? 알면서도 그동안 모른 척해 주셨던 거죠?

제가 한국에 왔어도 집으로 가지 않은 건 아버지에 대한 불편한 감정 때문이 절대 아니에요.

순전히, 저 자신 때문이었어요. 아직 현실을 마주할 자신이 없어서였어요.

세상에 온전히 발을 디딜 준비가 되지 않았기 때문이었어요. 저는 여전히, 무중력 공간에 떠 있는 것 같아요. 조금만, 조금만 더 기다려 주세요. 미안하고 고마워요, 아버지.

우주 드림.

휴대폰 화면을 내려다보던 우주는 '보내기'를 눌렀다.

공기는 가벼운 몸짓으로 바닥에 뛰어내리고는 우주의 다리 사이를 오가며 얼굴을 비볐다.

"우주야."

익숙한 목소리에 우주가 고개를 들었다. 언제 왔는지 채원이 우주 앞에 서 있었다.

"커피우유 마실래?"

채원의 말에 우주는 화사하게 웃었다.

채원과 우주는 편의점 안으로 들어왔다. 채원은 냉장고에서 커피우유 두 개를 꺼내 우주 앞에 놓고 카드를 리더기에 꽂았다.

우주와 채원은 각자의 우유를 들고 안쪽 창가 의자에 마주 앉았다. 동시에 우유 입구를 열고 천천히 마시기 시작했다.

창문 너머, 바오바브나무 아래 공기가 자리를 잡았다. 채원은 우주에게 마이월드에 대해 이야기를 했다. 채원은 그곳에 널 초

대해도 되느냐고 우주에게 물었다. 우주는 고개를 주억거렸다.

채원은 마이월드 안, 자신의 섬으로 들어갔다. 이 섬의 이름은 별말로 612였다.

채원의 초대로 우주 아바타는 섬 안으로 들어왔다. 채원 아바타와 우주 아바타는 냉장고 앞에 섰다.

채원 아바타는 냉동실 문을 열고 투명한 얼음에 감싸인 하얀 꽃을 꺼냈다. 채원과 우주의 아바타는 그 꽃을 들고 섬을 둘러싼 물가에 다가섰다. 꽃잎을 한 장 한 장 따서 흐르는 물에 띄웠다. 꽃잎은 빛처럼 반짝이며 더 넓은 세상을 향해 흘러내렸다.

죽음은 곁에 있었다. 수년 동안 마주하게 된 느닷없는 이별들……. 특히 어린 존재들의 떠나감 앞에서는 슬픔을 넘어 화가 났다. 내가 할 수 있는 일은 침묵 속에서 애도하는 것뿐이었다. 그럼에도 이것이 최선이 아닌 듯해 복잡한 감정이 밀려들곤 했는데, 그때마다 나는, 걸었다.

글을 쓰면서 알았다. 복잡한 마음이 어디서 기인한 것인지. 부끄러움. 나는 너무나 부끄러웠던 것이다. 떠나간 분들의 고통과 남겨진 분들의 아픔, 슬픔, 상처에 가닿을 수 없어서……. 이 글은 나의 부끄러움에 대한, 조심스러운 고백인지도 모르겠다.

'별말로 612' 편의점 주변을 영역으로 살아가는 '공기'는 우리 집 고양이 '까뮈'와 닮았다. 검은 줄무늬에 목에는 하얀 턱시도무늬가 있고 흰 양말을 신은 듯한 네 개의 발을 갖고 있다. 호랑이처럼 사납게 생겼지만 반짝이는 목소리를 지닌, 시도 때도 없이 무릎에 올라와 얼굴과 이마를 비비는 사랑스러운 고양이.

우리 집에 온 첫날, 까뮈는 책꽂이 틈에 들어가 나오지 않았다. 그 안에서 날 바라보는 작은 녀석의 눈매가 어찌나 매섭던지, 『이방인』의 작가 알베르 카뮈의 모습이 떠올라 까뮈라는 이름을 지어 주었다. 함께 살면서 알았다. 까뮈가 공기 같은 존재라는 걸.

코로나19로 생활 자체가 격리되었던 2020년, 『지도에 없는 마을』(북트리거 2019)과 『바르셀로나, 지금이 좋아』(중앙books 2017)를 읽었다. 닫히고 갇힌 일상을 보내면서 다른 세계가 너무나 간절했기 때문이다. 그 무렵, 원고지 300매 분량의 「여행자들」이라는 제목의 소설을 썼다. 노트북 안에 잠들어 있던 그 원고를 작년에 다시 불러들여 써 내려갔다. '맹키에 군도'는 『지도에 없는 마을』에서 발견한 장소였고, 우주가 윤슬에게 보낸 편지는 『바르셀로나, 지금이 좋아』의 도움을 받았다.

글이 다듬어지고 책이 될 때까지 많은 분들이 함께했다.(감히 '함께'라고 말하고 싶다.) 그분들의 조언이, 내게 큰 힘이 되었다. 더불어 따뜻한 조언을 아끼지 않은 창비 청소년출판부와 김준성 편집자에게 감사함을 전하고 싶다.

『오로라를 기다려』에는 나의 바람이 담긴 문장이 숨어 있다. 사랑하는 모든 존재들에게 전하는 나의 마음이. 그 문장을 발견해 줄 모든 분들께, 미리 '고맙습니다.'라는 인사를 나누고 싶다.

2023년 늦은 가을

최양선